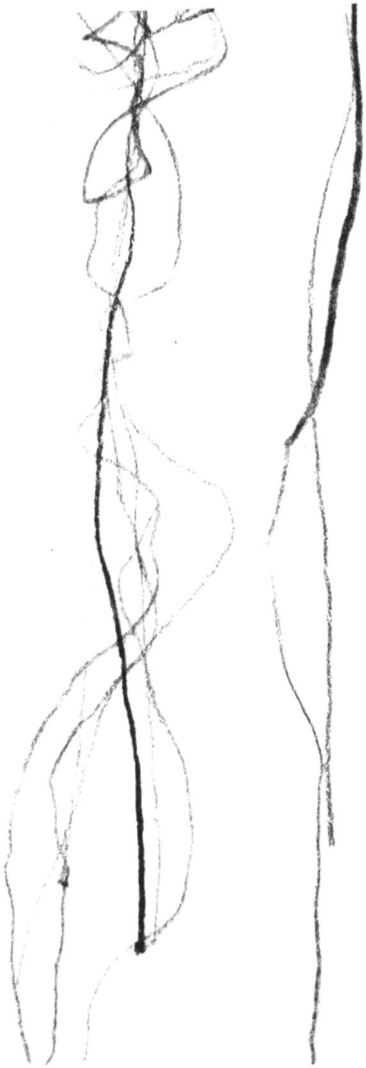

stella maris

Isabella Feimer

braumüller

Bibliografische Information der Deutschen Nationalbibliothek
Die Deutsche Nationalbibliothek verzeichnet diese Publikation in der Deutschen Nationalbibliografie; detaillierte bibliografische Daten sind im Internet über http://dnb.d-nb.de abrufbar.

Printed in Austria

1. Auflage 2017

Servitengasse 5, A-1090 Wien
www.braumueller.at

Coverzeichnung, Vor- und Nachsatz: © Esin Turan, www.esinturan.net
Lektorat: Senta Wagner
Druck: Christian Theiss GmbH, A-9431 St. Stefan im Lavanttal
ISBN 978-3-99200-181-1

Für meine Eva.

„The mask she wore was turning her into an animal.“

Georges Bataille,
Madame Edwarda

„On the day of execution only women kneel and smile.“

David Bowie,
Blackstar

Prolog

Ich schloss die Augen, schloss auch mein Herz und nahm Abschied, Abschied war das Gefühl einer Frühlingsluft, die über die Wangen streift, war Regen, Schnee, Hagel, ein Blitz, gefolgt von Donner und dem wärmenden Sonnenschein, alles zur gleichen Zeit, ein kleiner Weltuntergang war dieser Abschied, und doch, eine Weltenschöpfung war dem Untergang augenblicklich nachgesetzt,

das Ei brach auf, die Schale splitterte, und ich schlüpfte, streckte den Kopf in die Dunkelheit, die mich umgab, atmete ein und atmete lange aus, meine Sinne formten die Welt, und meine Stimme gab ihr Struktur, Farben, Bewegung und Licht, gab ihr nicht nur meine Geschichte,

in diesen Minuten, die mir länger vorkamen, als sie waren, erinnerte ich mich, dass ich einmal Kind gewesen war, erinnerte mich an den Zauber einer Schneeflocke, der ersten eines Winters, die sich in meinen Blick tanzte, und an jenen Stern, den ich immer bewusst wahrgenommen hatte, an keine Gesichter erinnerte ich mich, an keine Körper, die mir nahe waren, das kam später, ich spürte die zerstörerische Kraft des Feuers, ich hatte mich verbrannt, ich spürte den Lebensatem eines Ozeans, ich hatte ihn gerochen, all das erinnerte ich in diesen Minuten nach dem Start,

ich blickte nach links, auch Inès hatte die Augen geschlossen, ihr Körper war angespannt und ihre Hände klammerten ineinander, ich beugte mich zu ihr, so gut es ging, der Gurt schnitt in meine Schultern, ich drückte dagegen,

flüsterte ihr wider die ohrenbetäubenden Geräusche, die uns umschlossen hielten, auch in der Gewissheit, dass sie mich nicht hörte,

der Schnee ist geschmolzen,

das Sonnenlicht aufgebraucht,

Sterne umringen mich und dich, uns alle,

ich pflücke mir einen Stern, halte ihn fest,

schneide mich an seinen scharfen Kanten,

schwarz ist mein Blut, das dickflüssig aus mir tropft,

ich schicke den Stern zurück, beschütze ihn in der Dunkelheit meines Herzens,

auch wenn sie mich nicht verstand, Inès lächelte.

Als wir starteten, nickte der Captain im Rhythmus des Countdowns, sein Blick war geradeaus gerichtet, sein Körper aufrecht, Jaques saß neben ihm, seine Finger zuckten, Inès und ich saßen hinter ihnen, ich spürte die Erwartung, die in uns allen drängte, auch die Ungewissheit dieser Mission,

wir waren ausgeliefert, auch Raul, der sich im Maschinenraum verbarg, ausgeliefert den Vibrationen der Außenhülle, dem Druck der Geschwindigkeit, als der Countdown zu Ende gegangen war und das Raumschiff sich aus der Verankerung gehoben hatte, Angst hatte ich, taub zu werden, Angst, weil es diesmal kein Zurück mehr gab,

würde sich uns der Stern zeigen, der uns leitet, der Stella maris, an den Seefahrer ihre Hoffnungen auf eine sichere Überfahrt banden, eine Heimkehr?,

Stern des Meeres,

der Maria,

Meerestropfen,

und die Erde würde darin schwinden, nach und nach.

1

Auch meine Geschichte muss damit beginnen können, dass einmal etwas war, vor langer Zeit, in ein Jetzt gerückt, in einen Raum, der keine Grenzen kennt, abgegrenzt ist von allem, selbst von Dunkelheit,
einmal war es kalt gewesen, draußen, und in diesem Draußen wanderte ich, im Vertrauten, das Erde hieß, Heimat nicht, doch Ursprung, bewegte mich leichtfüßig durch Wind und Schneegestöber, fühlte Sandkörner, die sich an meiner Haut rieben, die auch mein Haar bedeckten und unter meine Kopfhaut krochen, ich bewegte mich in einer Zeit, die fassbar war, in der ich ich sein konnte, nicht dieses Abbild, Bündel an Erinnerungen, unordentlich verschnürt,
aber ich muss mich erinnern, denn Inès will meine Geschichten hören, sieht mich an, spitzt ihre Lippen, formt tonlos diese Bitte nach mehr, nach diesen anderen Welten, die ihr fremd sind, die ihr schmecken und vor denen sie sich scheut, scheue Inès verkriecht sich in ihrem Dschungel, bei den Keimlingen und Pflanzen,

in ihrem Zufluchtsort, sehe ich aus einer der schmalen Luken in das Nichts, in dem wir treiben, sehe ich die Erde nur noch in meinen Gedanken,
Erde, der verblasste, aufgebrauchte Planet, der längst aus unserem Sichtfeld verschwunden ist, manchmal sehe ich das strahlende Blau noch vor mir pochen, diesen kostbaren Saphir, Blau der Erinnerung, das mit jedem neuerlichen Blick in Veränderung ist, wechselt von einer Gestalt in eine andere,
ein Stück Seide aus einem Kleid gerissen,
eine Blume zum Trocknen unter ein Kissen gelegt,
eine Liebeserklärung niemals gemacht,
Erde ist diese optische Täuschung, in der ich mich verliere, und verloren bin ich seit langer Zeit, dennoch, vielleicht einer letzten Sehnsucht folgend, tupfe ich mit den Fingerspitzen in das Blau und spüre, dass ich darin versinke, eins werde mit dem Element,
so sehe ich mich, nicht das Leben, das ich führen muss,
ein maskiertes Ich lächelt mir im Taschenspiegel, den ich immer bei mir trage, ein Schmuckstück aus einer vergessenen Zeit, und die Ornamente, die ihn zieren, zieren auch meine Gedanken an diese Zeit,
noch zähle ich die Tage der Mission und ritze mir jeden Tag, der vergangen ist, mit den Nägeln in mein Herz.

Es ist ein einsamer Ort, dieses Raumschiff, mitsamt der Stille, die es als zweite Fracht mit sich trägt, als wäre sie die Dopplung jener Stille, die im dunklen Nichts atmet,
seit Wochen diese Dunkelheit, seit Wochen dieses Gefühl, dass in der Dunkelheit etwas wartet, auf uns, ein Ungeheuer lauert, wie es vor Jahrhunderten die Seekarten schmückte, damals eine List, damit sich Seefahrer nicht in fremde Gewässer wagten, in jene, die längst von anderen in Besitz genommen waren, damals ist lange her, ist in den Menschen, die noch übrig sind, nichts mehr als die vage Reflexion einer Zeit, die in sich zusammenfiel,

unser Ungeheuer ist real,
hörst du das Schweigen?, fragt mich Inès, und ich nicke, sage, dass es der Drache ist, der uns holen kommen wird, so wie er sich Sonne und Mond geholt hat und all die uns bekannten Planeten, dann lache ich, und mein Lachen nimmt Inès den Schrecken, die Sterne, sage ich, siehst du, das sind seine Schuppen, sie funkeln nur für dich,
in dieser Stille, die sich als unheimliches Flüstern in die Glieder nistet, höre ich den Drachen, spüre die Angst, die Inès vor dem Drachen hat, sie verbirgt sie

nicht, trägt sie mit fragenden Blicken an mich heran und will nach meiner Hand greifen, die ich ihr rasch entziehe,
sie sagt, ich solle ihr von Drachen erzählen und davon, wie sie in der Geschichte verschwunden sind, Geschichte ist dieses ihr fremde Terrain, das sie durch mich erkunden will, das sie mit jeder Frage, die sie mir stellt, aus mir saugt, meine Geschichten saugt sie rücksichtslos aus mir heraus,
der Drache ist das Chaos der Unendlichkeit, sage ich, seine Augen sind die des Teufels, und sein Atem ist die stickige Luft, die in der Hölle dampft, Teufel?, fragt Inès, Hölle?, ihr Unwissen verärgert mich, und ich sage, von der Hölle und meinem Teufel erzähle ich dir ein anderes Mal, ist Seemannsgarn, versponnen.

Ich weiß nicht, wie lange uns dieses Schiff noch schützt, die Außenhülle ist zerbrechlich, zu leicht könnte sie Risse bekommen, die Risse sich weiten, alles in diesem Schiff ist miteinander verknüpft, ist ein Netz an Energie, das uns am Leben hält, und reißen die Verbindungen, zerbrechen wir, und der Drache wartet, hat Zeit, hat Geduld, wie auch wir Zeit haben, Jahre, die vor uns liegen, versetzen uns in Ungeduld, ich stamme aus einer Zeit, in der man nicht mehr an

Drachen glaubte, bin in ein Jahrhundert des Aufbruchs und der Entdeckungen hineingeboren worden, in fruchtbaren Boden gepflanzt, gewachsen aus Finsternis in ein geweitetes Weltbild, in deren Zentrum nicht mehr die Erde stand,
zerrissene Horizonte und vergängliche Wahrheiten,
gehäutet,
was in mir blieb, waren die Seelen derer, die sie mit Federkielen prophezeit hatten,
und denke ich an diese Zeit zurück, an die kindliche Neugier, an meine lächerliche Wissbegier, anstecken ließ ich mich, beflügeln, will erneut in ihr geboren sein,

das sage ich Inès nicht, das sage ich nur dir, mein Captain, wenn ich dich besuche und diese Stunden an deiner Seite sitze, in diesem Raum, der zu dem deinen geworden ist, im gedämmten Licht, und sitze ich bei dir, streiche ich über das Glas, das deinen Körper birgt, deine Ruhe, die du finden musstest, deine Augen sind offen, aber sie sehen mich nicht an, dein Herz schlägt, aber ich höre deinen Herzschlag nicht, sehe deine schwächer werdenden Lebensfunktionen auf dem Bildschirm hinter dir, die Schläuche, die dich mit Energie versorgen, und dein Körper, so sehr ich es mir auch wünsche, bewegt sich nicht, hörst du meinen Herzschlag, den ich dir schenken will?, hörst du meine Stimme, die dir mein Erlebtes erinnert?,

Erinnerung ist das, was uns an die Toten bindet, in einem Standbild festgehalten suchen sie nicht mehr unseren Blick,
ich bin müde von all den Erinnerungen, diesen Bildern, denen Körper fehlen, und dennoch, realer sind sie mir in diesen Momenten als das Schiff, als Inès, die ihre Keimlinge und Pflanzen beflüstert, als Jaques, der mich in sein Quartier locken will, weil er nicht vergessen hat, dass Sexualität, immer noch, etwas Gelebtes sein muss, als Raul, den wir selten sehen, und nur ahnen können wir, was er in seiner Abgeschiedenheit im Maschinenraum tut,
auch als du, mein Captain, dessen Stimme ich in den Augenblicken zwischen Traum und Erwachen höre, dieses Echo deiner Stimme, die verstummt ist, auch dieses Echo erinnert mich, eine dunkle Stimme wie die deine ist mir schon einmal durch Mark und Bein gekrochen, das ist Jahrhunderte her und Teil meiner Gegenwart geblieben.
Jahrhundertelanges Eingeschlossensein,
ich in diesem Körper, schälte sich unveränderlich

von einem Leben in ein nächstes, ich inmitten dieser Risse, von Leben zu Leben ein Einriss mehr, sie weiteten mein Herz,
einsames Eingeschlossensein, deines und meines, in ihm finde ich mich zurecht, nicht jedoch in dieser Stille, die mir, manchmal, unerwartet den Atem nimmt, und überrascht sie mich, ist es, als würde es mich zusammenziehen, bis nichts mehr von mir übrig ist,
nein, ich falle nicht, ich widerstehe,
Einsamkeit ist ein Zwitterwesen,
Einsamkeit hat auch kein Gegenteil,

ich bin einsam, sagt Inès, obwohl ich es nicht verstehe, Eva, ich verstehe Einsamkeit nicht, sagt sie und kämpft gegen Tränen an, die sie mir nicht zeigen möchte, stark will sie sein, ich habe keine Antwort, ich hätte lediglich eine Erinnerung, die ich ihr nicht in eine meiner Geschichten verpacken will, nicht zusammenhanglos,
ich vertraue meinen Erinnerungen nicht und frage mich, ob all das, woran ich mich erinnere, auch tatsächlich geschah, ob es nicht nur die Geschichten anderer sind, die ich mir über Zeit und Raum einverleibte,

früher konnte ich zuhören, früher war ich gut darin, ich mochte es, wenn man mir Geschichten erzählte, hörte Alltägliches und auch Außergewöhnliches, hörte Lügengeschichten und zwischen den Zeilen Wahrhaftigkeit, ein Wort, das mich erschaudern lässt, macht dem Teufel ungewollt Platz in meinen Gedanken, dem Gefallenen,
ich mag es, sagt Inès, wenn du mir Geschichten erzählst, sagt es leise, fast beschämt, sie weiß es nicht, doch spürt es, dass sie mir Herausforderndes abverlangt, dass sie an meiner Seele kitzelt und mich in Gewesenes zwingt, dann lächelt sie und streicht über das Blatt eines Keimlings, noch nicht zu einer Pflanze herangewachsen,
er fruchtet, sagt sie und das Glück darüber ist ihr anzusehen.

Der Captain ahnte, dass mehr dahintersteckte, mehr hinter dieser Eva, die ich mit auf dieses Schiff brachte, mehr als die technischen Fähigkeiten, die Kommunikationsbegabung, mehr als das Wissen und das hübsche Gesicht, das ahnte er von dem Moment unserer ersten Begegnung an,
Formsache,
bevor wir dieses Schiff betraten,

bevor wir starteten,
bevor etwas seinen Körper zerfraß,
ein Händedruck, ein Blick meinerseits, der seinen fangen wollte, lange hielt er meine Hand, sah zu Boden, schwieg, und als er von mir ließ, spürte ich, er ahnte, dass ich etwas zu verbergen hatte,
etwas, was uns einen,
was uns danach entzweien könnte,
erwacht er, würde ich mir wünschen, dass er mich zur Rede stellte, ich möchte meine Geheimnisse nicht mehr länger nur für mich behalten, zu viele Geheimnisse, werde ich ihm sagen, sind in mir, die ich hüten muss, und Geheimnisse, auf Dauer, machen träge, machten mich zu einer, die ich nicht mehr sein will, wurden mir geflüstert, ich fragte nie danach,
nicht nach dem abenteuerlichen Leben,
nicht nach der anarchistischen Beziehungslosigkeit,
auch nicht nach Liebe,
sagte ich dem Captain, als er schlief, glaubte, ihn mit den Gefühlen, die mich mit anderen einst verbunden hatten, leiten zu können, in diesem Nichts, in das er versunken war,
und meine Gedanken versanken mit ihm,
Liebe ist Ebbe und Flut der Erinnerung, sagte ich, der Geruch des feuchten Sandes nach Fisch, nach

Muscheln, nach all dem Treibgut und dem Salz, das sich aus dem Meer zurückgezogen hatte, Salzkruste, schimmernd, die sich über meine Haut legte,
damals,

wie sieht deine Hölle aus?, mein Captain, die Bedrohung der Unbeschwertheit, dieses Gegenbild von allem, das einem ein Lächeln zaubert?,
einmal nur habe ich dich lächeln gesehen, einmal nur war dein stets fokussierter Blick abgelenkt,
ich war in deinen Gedanken, sagtest du,
das irritierte mich, brachte das Zusammensein durcheinander, unsere Zweckgemeinschaft, die wir eingegangen waren,
bevor wir starteten,
und im Schattenspiel deiner Gedanken, Eva, sagtest du, verstand ich alles für einen Augenblick,
du, mein Captain, hast uns im Stich und uns selbst gelassen.

Die Erde ist ein verlorener Planet, und der Mensch ein vergessener Stern,
deine Worte, als deine Stimme noch nicht verstummt war, als du spürtest, dass etwas in dir zu nagen begann, etwas Appetit hatte, Lust auf dein Fleisch, und dich von

Tag zu Tag schwächte, du spürtest dich ausklingen, dein Blut dünner werden und in den Arterien langsamer pulsieren, ich sah dir diese Schwäche an, dein Blick getrübt, deine Augen bedeckt von einem spröden Schleier, dein Körper geknickt, dein Atem befallen, dein Quartier, das wir uns heimlich geteilt hatten, blieb mir verschlossen, das kränkte mich,
Jaques roch die Krankheit an dir, bevor du sie selbst noch gewittert hattest, er ist ein Raubtier, das seine Krallen nicht versteckt, geduldig wartet er auf Beute, aufdringlich und derb zieht er sie an sich heran, ich kenne diese Art von Lust, die besitzen will, aber keine Sorge, auch ich kann ein Raubtier sein,

kann sich das Weltall weiten?, fragt Inès, kann es in seiner Ausdehnung gleichzeitig unser Schiff schrumpfen lassen?,
fragt nicht mich, fragt Jaques, der ihr im Gemeinschaftsraum gegenübersitzt, stochert in seinem Brei mit einem Messer, leckt es mit der Zunge ab, und Inès sieht weg,
ich weiß nicht, sagt er, frag Eva, Eva weiß alles, nicht wahr?,
wieder sticht er in den Brei, wieder schleckt seine Zunge über das Messer,

weiß alles besser, sagt er,
ich sage, pass mit dem Messer auf, wäre schade um deine Zunge,
Inès kichert, und Jaques sticht mit dem Messer in den Tisch, dann steht er auf, verlässt den Gemeinschaftsraum, noch immer kichert Inès,
ihre Unschuld widert mich an,
darf ich dir ein Geheimnis verraten, Inès?, darf ich dir verraten, dass ich Zufälle mag, dass ich sie mir immer herbeigehofft habe, in jedem Leben, an jedem einzelnen Tag, dass ich es mag, wenn du den Kopf zur Seite neigst, sobald ich anfange zu erzählen, dass ich dein Schmunzeln mag, wenn du glaubst, mich bei einer Lüge ertappt zu haben, aber auch dein Maulen gefällt mir, Inès, wenn es dich nicht zufriedenstellt, was ich zu sagen habe, und es gefällt mir, dass ich in dir all das sehe, was ich niemals war, was man mir immer böswillig unterstellte, mich verletzen wollend, ich war stark, Inès, in dieser Vortäuschung, alles wäre in Ordnung, alles gut so, wie es war, noch nichts zerrissen, nichts zerfleischt,
Körper noch nicht aufgeschnitten,
soll ich beginnen?, bist du bereit, meine Hübsche?, unschuldiges Wesen, das du bist, willst verdorben werden, und ich will dir diesen Wunsch erfüllen.

Das Licht gab dem Schatten einen Zwilling, und ich erwachte, hörte Stimmen, nahm Stimmen und Sprache in mich auf, es war eine mir bekannte Melodie, vulgär, laut, fordernd mit jeder Silbe, in mich dringend, die ich vermisst hatte, ich verstand das reizvolle Spiel des Lebhaften und der Trägheit, der Falschheit aus Eigensinn und der grenzenlosen Güte, Form, Chaos, Frivolität, all das war mir diese Sprache, war mir auch meine erste Erinnerung,

leise vernahm ich das Lied der Reispflückerinnen, lauschte ihrer Klage, dem Wunsch nach Freiheit, dem keimenden Widerstand, die Stadt, das Abbild einer schönen Blume, verblasste,

selten, dass ich mich in diesen ersten Tagen aus dem Bett bewegte, nie aus dem Zimmer, das von nun an in gewohnter Selbstverständlichkeit das meine war, es war ein kleines Zimmer mit schlichter Einrichtung, an der man die Jahre der Abnützung sah, dem Tisch waren drei Kanten abgeschlagen, ein Stuhlbein wackelte, und dem Lampenschirm fehlten ein paar seiner schwarzen Fransen, sein Stoff hatte einen langen Riss,

das Haus selbst war dreistöckig, die Fassade durch Pilaster gegliedert, manch Fenster, von außen betrachtet, eine täuschend echt gemalte Illusion, im

Treppenaufgang und im schmalen Korridor hallten meine Schritte und mein Atem doppelte sich, die Küche, der hellste Raum, befand sich im unteren Stock, und ich teilte sie mit der Signora, einer großen, mondänen Frau, deren wahres Alter unter glatter Haut verborgen lag und die mit keiner ihrer Bewegungen in ihr Umfeld passte, nicht in ihr Haus, nicht in diese Stadt, nicht in diese Zeit,

jeden Nachmittag, wenn ich mein Geschirr in der Küche wusch, saß sie in Bernstein gefangen über einem Gläschen Orangenlikör, sie nippte mit gespitzten Lippen, sie missbilligte, dass sie aus meinem Zimmer und in meiner Kleidung Tabak roch, dass er sich ins ganze Haus lege, sagte sie, wie Leinenstoff, mit dem man Möbel in verlassenen Häusern bedeckt,

ich mochte es, dass sie sich umständlich ausdrückte und langsam sprach und mir sagte, ich solle jede Nacht nach Hause kommen, selbst wenn die Nacht zu einem Morgen geworden sei, und solle nie dort bleiben, wo man mich nicht wolle, sie wusste, wovon sie sprach, auch ich wusste es,

ich weiß, Signora, wo ich nicht bleiben darf, weiß, wo selbst das grellste Licht die Dunkelheit nie mehr vertreiben kann,

leichtsinnig Dahingesagtes, nicht ahnen konnte ich, welches Ungeheuer sich aus den Reliefs meiner Träume schälen würde,
so ist das, Inès, mit uns Seefahrern der Unendlichkeit, nicht immer suchen wir den hellsten Stern.

Erst nach Tagen verließ ich das Haus, folgte den Stimmen, die mir sangen, immer wieder einer anderen, bewegte mich im Schatten, ich hätte sichtbar sein können, hätte erkennen können, dass alles bloß ein Traum und ich eine Traumgestalt im Unterbewusstsein eines anderen gewesen wäre, des einen anderen,
so ging ich weiter in diese Gassen, die nie endeten, die sich irgendwann im Kreis drehten, verzweigte Wege, alle Wege führten nach Rom, selten ein Weg, der aus dieser Stadt hinausführte, aus der Verbindlichkeit der sich überwuchernden Epochen,
der Wind trieb mich an, schneller zu gehen, zu eilen, nicht darauf zu achten, ob ich stolperte, ob ich mich verlief,
Sonnenuntergang,
die Leerstellen atmeten,
Sonnenaufgang,
letztendlich trat ich in die Mittagssonne, die mir meinen Schatten nahm,

die Signora sagte, sie kenne Frauen wie mich, die etwas wollen, was in diesen Zeiten nur schwer zu erreichen sei, dass das einmal anders gewesen sei, und dass sich Zeiten auch ändern könnten, vielleicht wieder ändern würden, dann wenn dieser Krieg einen Anfang und ein Ende hätte, das Grauen der Welt, sagte sie, werde einmal ein Ende haben, *Duce, Duce*, nein, verstummen würden die Rufe nach einer gerechten Führerhand,

Hoffnung hörte ich in ihren Worten nicht, Hoffnung blieb stets dieses Flüstern unter den Menschen, das in den Straßen verklang,

sah die Signora aus dem Fenster, beobachtete ich sie, ihre Regungslosigkeit, wartete auf die kleinste Zuckung, folgte ihrem Blick, der sich auf der Mauer des Hauses gegenüber festsetzte, nichts suchte, sich dennoch in Efeuranken, immergrün wuchernd, verfing,

warum sie nie hinausginge, fragte ich, sie antwortete mit einem Lächeln, es barg Abscheu in sich, diese Abscheu verband uns, unausgesprochen wussten wir, dass wir einander ähnlich waren, und dass diese Ähnlichkeit uns in einem möglichen Miteinander im Wege stand, das ich mir mehr wünschte als sie, sie war die Frau, die allein sein wollte, die die Abwesenheit des verstorbenen Mannes beschwieg, das ganze

Haus verschwieg sie und täuschte vor, er könnte und würde jederzeit wiederkommen, Kleidung, Schuhe, Notizen, die er einmal gemacht hatte, Brot sei zu besorgen, der Fleischer zu bezahlen, ein Ausflug ans Meer sei anzudenken,
nie sprach die Signora über den Tod ihres Gatten,
nie fragte ich nach,
ich hätte fragen sollen.

Hier, Inès, beginnt meine Hölle, hier, Inès, wird deine Unschuld enden, das sage ich ihr nicht, sie ist eingeschlafen, ihr Kopf ruht auf ihren Armen, ihr Rücken hebt und senkt sich gleichmäßig, ich stehe auf, leise schiebe ich den Stuhl nach hinten, ich will sie schlafen lassen, Schlaf fehlt, uns allen, seitdem der Drache lauert und der Captain vielleicht für immer eingeschlafen ist, ich dämme das Licht mit einem Wispern, stehle mich aus dem Gemeinschaftsraum hinaus, die Tür schließt sich geräuschlos hinter mir, während sich eine andere überraschend öffnet,
die rote Tür,
ich sehe sie am Ende des Ganges, dort, wo dieser sich in eine seiner Spiralen biegt und in Zwielicht verliert, einem Zwischenraum, der schwindet, sobald ich mich ihm nähere, klar und deutlich sehe ich das

lackierte Holz mit den feinen Rissen, dunkle Linien, mehr nicht, den goldenen Türknauf, den Briefschlitz darunter,
und ich sehe die Schatten, vom Wind bewegt, die auf die Tür zeichnen, und es wächst eine Mauer um die Tür, dann ein Haus, ein Himmel, dann diese Stadt, die mir einmal eine Zuflucht war,
die Tür öffnet sich, ich sehe den Stella maris, meinen Stern, und dann, sein Leuchten ist erloschen, sehe ich Paris.

Es ist Nacht, es ist Sommer, es ist eine Gegenwart, die mit mir Platz genommen hat, ich trinke an einem Glas Wein und rauche an einer selbst gedrehten Zigarette, beides liegt mir abgestanden auf der Zunge, der hagere Bursche lächelt mir, wenn er an mir vorbeigeht und Getränke und Speisen zu anderen Tischen bringt, manchmal lächle ich zurück, dann wenn meine Gedanken das Woanders erzählen wollen, ein Woanders, in dem Joe mein Zuhause ist,
Ursprung ist nicht gleich Heimat, denke ich,
Heimat, die vorübergehend den Namen Joe trägt, seinen Namen, seinen Körper, seine Gewohnheiten, eine elektrische Zahnbürste, einen Schnellrasierer, ein Handtuch in dunkelblau, seit Jahren lässt er sie mir,

trüber Himmel, den Joe mir in seinen Nachrichten schickt, schickt ihn mir seit Tagen, ist seine Art, mir zu sagen, dass er mich vermisst,
ich vermisse ihn nicht, ich liebe ihn,
trüber Himmel dort, ich hülle mich in einen Sternenhimmel, bin ein wendiges Etwas, das auf den zu entdeckenden Wegen Geschichte kartografiert und sich ins Innere eine Landkarte schnitzt,
wenn Joe vom großen Regen schreibt, muss ich an die Meisen denken, die im Baum vor dem Küchenfenster nisten, picken sich Käfer aus dem Holz, Regenflucht ist das, der kleine Kopf dreht und wendet sich, der Körper in eine andere Richtung, und die dünnen Äste wippen, hüpfen die Meisen von Ast zu Ast,
Joe sagte, wir hängen ihnen Futter hin,
ich sagte, nein,
nein, nicht immer ist die Nacht eine Verbündete,
schlaf gut, träum süß, träum, was du dir zu träumen wünschst,
das schreibe ich nicht dir, Joe, das schreibe ich dem anderen in meinen Gedanken, jenem anderen, den ich nicht vergessen kann,
vielleicht fühlen wir uns leer, weil wir all unsere Liebe in anderen gelassen haben.

Kaum hat sich die rote Tür geöffnet, schließt sie sich wieder, und der Gang ist der Gang, ist diese Spirale, die mir endlos scheint,
ich möchte zu dir, mein Captain, doch ich wage es nicht, dich zu stören, nicht in dieser Nacht, die mich zurück in meine Hölle bringen könnte, ich muss aufpassen, woran ich mich erinnere,
jede Tür öffnet eine weitere,
und manche Türen sollten verschlossen bleiben,
manche Lieben nie erweckt,
Joe ist weit weg, auch der andere, Luigi, ist weit weg, nur diese paar Gedanken weiter weg, ich bin hier, Jahrhunderte später, nichts habe ich vergessen, alles ist zurück und gefangen in der Unerbittlichkeit zwischen Zeit und Raum, zwischen diesen Sternen, die der Drache uns drapiert,
er flüstert,
wir haben die Grenzen des uns bekannten Himmels überschritten,
die Erde ist zu einer Nichtigkeit geworden,
der Mensch seines die Nacktheit beschützenden Schleiers beraubt,
alles, was einmal war, ist in mir, flüstere ich, verschlossen in nymphenhafte Gleichgültigkeit, und wartet, im Blick darauf erzählt zu werden,

in Tränen bin ich geboren, die Feuer erstickten,
ich erinnere mich,
ein Riese schlüpfte aus einem Ei und machte sich daran, die Welt zu erschaffen, er schlug Täler und Berge in dieses Nichts, das noch keine Landschaft war, und mit den Fingerkuppen setzte er Sonne, Mond und Sterne in den Himmel, er sah sich sein Werk an und starb, und sein Körper wurde Teil der von ihm erschaffenen Welt, sein Schädel formte das Himmelsgewölbe, sein Fleisch wurde zu Erde, seine Knochen zu Stein, und sein Blut füllte Flüsse, Seen und den Ozean, aus seinem letzten Atemhauch waren Wind und Wolken entstanden, aus seinem Schweiß Regen, sein Haar ließ das pflanzliche Leben gedeihen, und die Flöhe, die in seinem Haar genistet hatten, brachten die menschliche Gattung hervor.

Liebster Joe,
Paris ist mein neuer Körper, noch ist er ein wenig unsicher auf den Beinen, noch nehme ich meine Schritte mit Bedacht, nicht ausrutschen will ich auf Straßenschrägen, nicht stolpern über ein verlorenes Hindernis, über die Dramaturgie absichtlich vergessener Regenschirme, über einen Schuh, als wäre er auf einem Weg wohin, die unvermeidliche Textur der

Dinge überlagert mich, ein alter Mensch, zum Beispiel, noch nicht geboren, und sein verhülltes Fleisch ist auf Papier gelegt,
Unsicherheit ziert meine Blicke, sie steht mir nicht, und unsicher bin ich, weil du nicht hier bist, weil du nicht hier sein darfst, Joe, es sind meine ersten Schritte, seit Langem ohne dich, bald Flugversuche, endlich angekommen in einem Nullzustand, taste ich mich vorwärts, ich sehe, werde gesehen und bin mit dem verbunden, was noch verborgen ist, hier treibe ich in Gedanken, ich fühle, und manchmal fühle ich nichts, manchmal bin ich auf meine Körperfunktionen reduziert, auf mein Inneres, auf das Organische, das reibungslos arbeitet, ich schlafe wenig, die Nacht hat anderes mit mir vor,

es geht gut in den neuen flachen Schuhen, die ich mir vor meiner Abreise, ohne sie zu probieren, kaufte, gut in dem blauen Kleid, das ich dir nie zeigte, das neue Kleid lockt neue Blicke, Blicke, wie ich sie lange nicht spürte, und ein Verlangen in denen, die mich betrachten, die mir nachsehen, die mich, ich weiß es, besitzen wollen, vielleicht ist es diese Anzüglichkeit, die mich hierher führte, vielleicht ist in mir ein Wunsch danach, auch die keimende Angst, nicht meine, Joe, die der anderen, lässt mich Lust empfinden, und so, mich öffnend, warte ich,

die Stadt legte bei meiner Ankunft ihr Grau um mich, kühlende Umarmung, nach der ich mich gesehnt hatte, nach diesem Grau, das nur in dieser Stadt zu finden ist,
ungezieferbefallen,
Rattenplage, nachts, Menschenmüll ist es, der die Ratten füttert, auch mich, und ein Sonar hält sie mir fern,
nach und nach spannt das Auge ein Raster über die Stadt,
Anhaltspunkte werden markiert,
Wege bemessen,
ich bin hier, weil ich nicht mehr bei dir sein kann, und auch wenn du nicht da bist, spüre ich dich an meiner Seite, immer ein paar Schritte hinter mir weilt dein transparentes Sein, deine Liebe, die mir Kraft gibt, die ich schamlos ausnutze und hintergehe, und von der du behauptest, dass sie mit jedem Tag mehr wird, das macht mir Angst, nicht, weil meine Liebe weniger geworden ist, nur deshalb, weil ich weiß, dass ich dich bald auf immer verlassen muss,

ich spüre diesen Abschied flirren,
den Zeitsprung,
verlorene Eigenständigkeit, in die dich mein Fortgang zurückgeworfen hat, und wiedergefunden hast du dein Leben der Tage und Nächte nur für dich,
hörst du mein Herz schlagen?,
hörst du?,
ein Schmetterling erhebt sich zum Flug,
nicht zu seinem letzten.

Ich bin das Kind einer neuen Zeit, immer folgte ich den unberechenbaren Bahnen des Schmetterlings, eines Zitronenfalters, in mir schwingen seine Flügel anstelle meines Herzens, meine zweite Geburt, so würde ich es nennen, war, als mein Vater mir den unberechenbaren Flug des Schmetterlings zeigte,
ich war fünf oder sechs, unbeholfen, lebensfroh, und dieser Nachmittag mit seinem Licht und seinen Entdeckungen setzte sich in meinem Gedächtnis fest, mädchenhaft dem Schmetterling zu folgen, vermittelte mir das Gefühl, was Freiheit sein könnte, nicht bloß ein Gefühl, ein erstes Wissen war es, das sich in mir zu verankern suchte, ich lief dem Schmetterling hinterher, hob meine Arme zu Flügeln, lachte auf, und mein Vater lachte mit,

manchmal trägt der Wind den Schmetterling, sagte mein Vater, und manchmal trägt er sich selbst gegen den Wind,
Freiheit ist unberechenbar, sagte er,
der freie Mensch ist unberechenbar, sage ich, Jahrhunderte später, und vielleicht folgt er bloß seinen Instinkten, mehr haben wir doch nicht, oder?,
bloß unseren Instinkt,
die Erinnerung,
meine erste,
Mutter, die im Zwielicht saß, gebückt, gedrungen, dennoch milde lächelnd, dem Licht, den Stichen, die die Nadel dem Stoff versetzte, feine Stiche, geführte Hand über knitternde Seide, und Stille, atemlose Stille, von der ich allzu gerne trank.

Ich bin aus einem Traum erwacht, an den ich mich nur schemenhaft erinnere,
das Porzellan in Reih und Glied auf einen Tisch skizziert, ich falte einen Stern aus der Papierserviette, lächle meinem Gegenüber zu, es ist in einer anderen Welt, ich nehme sie in Fragmenten wahr, in jenen Ausschnitten, die sich mir zeigen, wenn sich der Vorhang hebt,
eiserner Vorhang, er trägt mühevoll die eigene Last, auf dem Theaterboden sind Blüten verstreut, noch

sind sie nicht welk, schwer sind sie, als wären sie bemaltes Metall, eiserne Vergissmeinnicht,

bevor ich nach einer der Blüten greifen kann, schließt sich der Vorhang wieder, drängt mich in den Orchestergraben zurück, in mir bleibt Leere, ein Unverständnis mehr, aber auch ein Stück mehr Liebe,
rechts neben dem Bett blinkt und surrt das grüne Licht als Zeichen, dass es Zeit ist, meinen Pflichten nachzugehen, Inès in ihrem Dschungel zu besuchen, den Captain in seinem Ruheraum, und ich dränge mich von unterhalb der Decke hervor, es ist, als hätten sich die Traumfragmente in meinem Skelett abgelagert, eisernes Blütenblatt, das nicht verwelken kann, nicht fallen, wohin denn auch?,
das grüne Licht treibt mich an, und erst wenn ich den Raum verlassen habe, wenn die Sensoren meine Anwesenheit nicht mehr spüren können, wird es erloschen sein und das Surren verstummt,
damit ein Tag einen Ablauf hat,
wir einander nicht zerfleischen,
Evas Pflichten, sagte der Captain, bevor wir das Raumschiff betraten, sind, die Kommunikation aufrechtzuerhalten, die mit der Erde, die mit den anderen Schiffen, die untereinander, und ihr hört auf sie,

verstanden?, er sah zu Jaques, der anwesend tat und abwesend nickte,
Jaques' Gedanken spürbar, auch der Captain las darin, dass es Jaques nicht recht war, dass es diese Nähe zwischen mir und dem Captain gab, dieses Vertrauen, das wir nicht verbergen konnten, gut, sagte Inès, gut, sagte Raul, Jaques schwieg.

Joe,
hörst du mich?,
ich habe keine Angst, ich habe Traurigkeit,
Angst ist ein kleiner Dämon, den andere mir in den Nacken gesetzt haben, die Traurigkeit hingegen gehört mir, sie erfüllt mich, macht mich ebenso lebendig wie mein Glück, das ich mit diesem fordernden Lächeln vor mir herschiebe,
ich bin traurig, seitdem ich den ersten Schmetterling sterben sah, krepiert ist er zwischen Sedimentgestein, zerbrach mit jedem Flügelschlag nur ein Stück mehr, ich weinte nicht, ich begriff, bekam Endlichkeit zu fassen, diesen trägen, schlammigen Fluss, nichts ist von Dauer, Joe, nicht die Liebe, nicht einmal der Schmerz,
schrieb ich dir von der roten Tür, die ich entdeckt habe?,

schrieb ich, was dahinter liegt?,
nein?,
dahinter sind meine Geschichten, an die ich mich nach und nach erinnere, ich öffne die Tür und bin in einer meiner Geschichten, öffne sie erneut und bin in einer anderen, und nie weiß ich, welche mich erwarten wird,
vielleicht die Zukunft,
vielleicht die vorhersagende Vergangenheit,
ihr Schatten berührt meine Haut,
vieles, was ich auf meinen Erkundungen entdecke, bringt mir Körper zurück, denen ich nahe war, deren Wärme ich in mich sog, Menschen, die ich liebte und hasste zugleich, nach denen ich mich verzehrte, ganze Tage und Nächte lang, es waren wenige, aber diese wenigen gekannt zu haben, machte mich aus, macht mich zu einer, die du bedingungslos lieben möchtest, doch nicht nur ist der Schmetterling krepiert, auch der Garten, den ich einst in meiner Fantasie gestaltete, ist verblüht, verwuchert, im gleißenden Sonnenlicht verdorrt, ist Wüste jetzt, Brachland, und Sand umgibt die Mauerreste, Sand, der so kalt ist, dass er unter nackten Sohlen schmerzt, und es schmerzt nach all den Jahren jeder Gedanke daran, nach all der Zeit, die Gebeine zerbrechen ließ,
niemals habe ich sein Grab gefunden,

ich sagte,
Spinnennetz aus Glasfäden fein,
es begann, sich um uns zu spinnen,
und Luigi sagte,
es sucht sich, was sich längst gefunden hat.

Eines Nachmittags stand Porzellangeschirr auf dem Tisch, an dem die Signora über ihrem Orangenlikör saß, zierliche Tassen und Teller, die ich bei ihr noch nie gesehen, die sie versteckt gehalten hatte,
die Signora lächelte in ihrer Starre, der Kaffee dampfte aus den Tassen, zwei Stück Kuchen warteten darauf, gekostet zu werden,
sie bot mir keinen Platz an,
deutete mir nicht, dass ich gehen sollte,
sie hatte Lippenstift aufgetragen, schmückte sich mit Ringen und Armbändern aus Gold, und keine Strähne saß lose in ihrem Haar,
auf wen warten Sie, Signora?, fragte ich,
ihr Lächeln schwand, sie sah zu den Tassen, rückte sie zurecht und klopfte mit den Nägeln auf den Tisch,
auch das Tischtuch, Blüten schmückten es, hatte sie gewechselt,
soll ich gehen, Signora?, fragte ich,
bleib, sagte sie,

der Anblick des Porzellans war der erste kleine Tod meiner Freiheit, nicht wahr, Luigi?, erst sah ich das Porzellan, dann sah ich dich, nein, bevor ich dich sah, spürte ich deinen langsamen Atem, in dem sich der Körper bewegte, spürte seine Kälte, sie kroch mir unter die Haut.

Schicksalhaft, mein Captain, hätte man diese Begegnung nennen können, doch ich glaube nicht an das Schicksal, ich glaube, dass selbst das Schicksal ein Zufall, manchmal dieser schlechte Scherz ist, bei dem man nicht anders kann, als über ihn zu lachen,
wäre ich ein paar Minuten früher in die Küche, früher aus dem Haus, hätte ich mich dafür entschieden, wie es zu einer Gewohnheit geworden war, den Nachmittag mit Umwegen durch die Stadt zu füllen, die große Piazza zu queren, an den Fundamenten des antiken Stadions vorbei, dieser Platz, in dessen Zentrum die Welt in ihren vier Strömen zusammenfloss, gab jedem Gedanken Freiraum,
oder zwischen den Säulen des Tempels aller Götter zu rasten, in dem sie noch immer, wenn auch versteckt, im Marmorrest ein Zuhause hatten,
ich wünschte, du hättest ihn gesehen in seiner immerwährenden Pracht, dem Fenster zum Himmel,

durch das man das Licht greifen konnte, hättest einmal deine Hand auf den Marmor legen können, ich tat es jedes Mal,

in diesen Augenblicken wollte ich in meine Zeit zurück, aus meiner Zeit Vergangenheit denken,

und dann erst in das kleine Café, deutlich sehe ich es vor mir, erinnere mich an die Fassade in Ocker und Rot, die Wäsche, die vor den Fenstern gespannt war, Schmutz und Armut anmutig in sich sog, an den Feigenbaum erinnere ich mich, der Spatzen anlockte, in dessen Ästen ein Paar Lederschuhe hing, erinnere mich an die Tische und Stühle in seinem Schatten, an ihr gerissenes Holz, an den kleinen Brunnen rechts, in dem ich mir Hände und Gesicht wusch, und auch an meine Schachspieler erinnere ich mich, die jeden Nachmittag kamen und bis in die Nacht hinein gegeneinander spielten,

bloß damit die Zeit verging,

ich wünschte, wir hätten uns damals gekannt, wären einander damals begegnet, sage ich und stehe auf, einen Kuss will ich dem Captain schicken, doch der mich umgebende Raum hält mich davon ab, hält mich in einem kurzen Moment in mir gefangen,

Schmetterling, der nicht schlüpfen kann,

etwas lebt in diesem Raum, etwas, was von außen in ihn gedrungen ist,

der Gang ist leer, nichts atmet, und manchmal habe ich das Gefühl, auch ich habe keinen Atem mehr, habe ihn verbraucht in all meinen Leben,
im Kommunikationsraum ist es still, kein Surren, wie es manchmal tönt, wenn Nachrichten von der Erde oder von den Schiffen, die zu anderen Planeten unterwegs sind, sich im Energienetz speichern, heute keine Nachrichten, darüber schweige ich meinen Mitreisenden gegenüber, vor allem Inès, manchmal, meine Scheue, sehe ich dir etwas an, was du verbergen willst, manchmal spricht stumm etwas aus dir, von dem du selbst nichts weißt, es wird noch wachsen und gedeihen,
ich streiche über den Bildschirm, vielleicht, so hoffe ich, entlockt ihm eine zärtliche Berührung eine Nachricht, doch nichts,
vielleicht treiben die anderen Schiffe ziellos in der Dunkelheit, vielleicht ist die Erde schon an ihrem letzten Atemzug erstickt.

Die rote Tür entdeckte ich in einer abgelegenen Straße, am Rande von Le Marais, eine unspektakuläre Straße Richtung Seine, die Fassaden hell, die Mauern gespalten, an der Kreuzung, die in die Straße führt, wird geschnittenes Obst geboten, ein Antiquitätengeschäft zeigt sich, biegt man in die Straße ein, und

in der Auslage liegen Broschen, Ringe, Bücher und ein aufgeblähter Kugelfisch, nur Garagentore sonst, verschlossen,
ein Bistro gegenüber, ich nehme im Garten Platz und warte mit Blick auf die Tür, dass sie sich öffnet,
manchmal tut sie das, und jedes Mal tritt derselbe Mann auf die Straße, er sieht stets geradeaus, trägt grauen Nadelstreif, ein Buckel wölbt sich unter dem Jackett, die Hosenbeine schlackern,
die Schatten des Tages wandern,
geräuschlos dreht sich der goldene Knauf,
Vergangenes will in rückläufiger Bildabfolge erinnert werden,
Stein für Stein werden Häuser abgetragen,
Graffitis schwinden,
auch das, was dahinter liegt, das spürbare Brodeln einer anderen Geschichte,
auch jenes Paris, das sich Napoleon ersann, mit den angespitzten, dann abgeschnittenen Dächern, dem gekonnten Arrangement der Schornsteine,
den schwarzen Eisengittern, die einen Balkonvorsprung markieren,
alles schwindet, als würde es von unsichtbarer Hand wegradiert, und die Stadt wird zu den hundert Dörfern, die einmal waren,

römische Fragmente überblenden den gotischen Kirchenbau, Seelenrestruinen zeigen mir eine andere Zeit, den anderen Raum,
der einzig wahre Raum ist jener der Erinnerung,
nein,
oder?,
nicht einsam zu sein, ist eine Illusion, die man sich selbst vorgaukelt, um sich aus der eigenen Hölle zu holen, das waren Luigis Worte an mich, er sprach sie nicht im Beisein der Signora, er sprach sie, als wir nah beieinander im Korridor vor der Küche standen, wir rauchten aus Verlegenheit, wir sahen uns nicht an, nicht mehr,
er und die Signora hatten über die Hitze gesprochen, die langsam, aber stetig während der vergangenen Wochen in die Stadt gekrochen war, hatten verächtlich über den Tag gesprochen, auch wenn es schon ein paar Jahre her war, an dem der *Duce* sein, unser aller glorreiches Imperium verkündet hatte, und darüber, dass der Krieg, ob man es nun wahrhaben wollte oder nicht, fühlbar in der Luft lag,
du spürst die Angst, den Widerstand, du spürst Ausweglosigkeit, du glaubst nicht mehr, dass alter Stein dich schützen kann,
ist wie mit der Hitze, hatte die Signora gesagt, wird nicht zu vermeiden sein,

nahm der Luft, die ich zu atmen suchte, den Sauerstoff, Luigi verstand, und seinen Blicken, die meine Bewegungen festhalten wollten und mich zu durchdringen suchten, entgegnete ich mit einem Lächeln,
ich bin einsam, sagte ich, sagte diese Worte absichtslos,
und Luigi sagte, ich weiß,
dann ging ich, und als ich gegangen war, wusste ich, er hatte mich für den Moment vergessen.

Erst spät habe ich verstanden, was Hoffnung bedeuten kann, Joe, es ist ein Festklammern mit letzter Kraft an den letzten Dingen, den letzten Gedanken, die sich nicht im Kreis drehen, dem Letzten, das einem geblieben ist, dem ersten schüchternen Blick hinter die Dinge, denke ich Hoffnung, habe ich kein klares Bild vor Augen, kaum Konturen sehe ich, nur diese ferne Silhouette, die ich dennoch bestimmen kann, Vaterspezies, die sich nicht nähert, die in Distanz bleibt, auch nicht auf mich wartet, und ich spüre Vaters Festklammern an dem eigenen Willen, nachdem Frau und Kind gegangen waren,
ich, Joe, ging früh in die Welt, schürfte mich auf an ihren Widerhaken, an ihrer Rohheit, selbst an ihrer Schönheit rieb ich mich auf, früh sah ich Feuer, roch

verbrannte Haut, hörte Schreie eines Einzelnen, die das Gebrüll der Menschenmenge nicht übertönten,
morbidezza heißt das, nicht?,
Brüchigkeit,

Mutter war in Stille gestorben, und Vater hatte ihren Tod in eigener Stille hingenommen, er sagte, es muss still sein, stirbt ein Schmetterling,
Zitronenfalter im Licht des Nachmittags, Insekten, leuchtende Punkte, die sich über das Gras erhoben, in Schwerelosigkeit verweilten, in konzentrierter Anmut, und sich Sekunden später wieder fallen ließen, mal das eine, mal das andere Insekt, umschwirrten mich, blieb ich stehen für den Moment, in dem ich, im Blick zurück, das Lächeln meines Vaters suchte, wissend war sein Blick, etwas in mir beruhigend, was sich der Bewegung hingeben wollte, damals schon hatte ich diese Rastlosigkeit, stets trieb sie mich an,
Ausschnittsleben flackern auf,
Blitzlichter, die meine Zwischenräume füllen,
Abschiedsgeschichten,
ich bin von Gefühlen besetzt,
jenen, die wahrhaftig sind,
jenen, die als Phantomschmerz in meinem Körper nisten,

ein Stich hier, ein Ziehen dort,
dehnt mich, schnürt mich ein.

Inès wartet auf mich, ich kenne ihre dem Eingang abgewandte, leicht gekrümmte Haltung, die mir zeigen soll, sie wartet nicht, und hört sie das Öffnen der Tür, bleibt ihr Körper angestrengt bewegungslos, ich trete ein, gehe auf sie zu, genieße es, ihre Erwartung zu spüren, ich sehe, dass ihre Hände zittern, und das Zittern überträgt sich auf ihre Pflanzen, in die sie sich vorgetäuscht vertieft,
sie wachsen, sagt sie,
verlegen klingt der erste Satz, den sie zu mir spricht,
zu mir?, nein, sich selbst will sie wachsen lassen, ihr Dschungel ist gedüngte Erde, in die sie sich setzt,
sie wachsen, wiederholt sie, siehst du?, ihre Stimme kräftiger und doch verstellt,
nein, Inès, ich sehe sie nicht wachsen, ich sehe uns vergehen,
denke ich und schweige, und es drängt mich, eines der zierlichen Blätter zu berühren, es erwacht der Wunsch nach Zukunft wieder, der in mir vor langer Zeit erloschen ist,
riechst du es?, fragt sie,
hast du geschlafen?, frage ich,

nein, sagt sie, hast du?,
nein, lüge ich, denn ich will meine Träume nicht mit ihr teilen müssen,
sie räuspert sich, fragt, warst du bei ihm?,
ja,
eifersüchtig?, will ich fragen, doch wieder schweige ich, ihrer überdrüssig,
was machst du, wenn du bei ihm bist?, fragt Inès, und ich lege den Kopf zur Seite, lächle diesem Wohlbefinden, das in meinen Körper kriecht und dem ich nachgeben muss, ich höre ihm zu, sage ich, seinem Schweigen, das mir sein Erlebtes und Gedachtes spiegelt, und dann erzähle ich,
was?,
wieder diese verschluckte Eifersucht im Nachhall ihrer Stimme,
was erzählst du ihm?,
etwas, Inès, was ich auch dir bald erzählen werde, lüge ich und berühre das Blatt, das eine, das sich in meine Richtung neigt, streiche über die Adern, hinterlasse Fingerabdruck auf Fingerabdruck, tatsächlich, sage ich, gewachsen,

Gestrüpp, von der Sonne ausgetrocknet, Kleinbürgerliches, das ich niemals gießen werde, auch, Joe, dann nicht, wenn du mich darum bittest, weder morgens noch abends, die überschaubare Welt, Balkon genannt, betrete ich nicht, nicht um mir eine Zigarette zu drehen, nicht um anderen ihr Kleinkariertes zu durchschauen, ihr Begrenztes, widerwärtig Eingezäuntes, Gestrüpp, bei dem ich es dennoch nicht übers Herz bringe, es in den Müll zu werfen, du auch nicht, obwohl es jeden zweiten Tag dein Vorsatz ist, kaltschnäuzig stellen wir uns einander an manchen Tagen, an anderen Tagen nicht,

Kunststoffverschlingungen zwingen sich aus Löchern in den Metrostationen, greifen nach dem Deckenlicht, der Rauch bengalischer Feuer verhüllt einen für Freiheit und Gleichheit demonstrierenden Menschenzug, Gewehre im Anschlag als Nachhall einer ersten Explosion, Gespraytes tanzt über die Fassaden und dreht Pirouetten auf dem Trottoir,

über die Toten gehe ich,

ich fühle mich lebendig und frage mich, ob man zu viel leben kann, ob übertriebenes Leben nicht auch bloß eine Täuschung ist, was meinst du, Joe?,

ich muss den Tod nicht negieren, ich sterbe nicht, ich bin es nicht, die verblüht, es sind die anderen, verblühen aus Angst, nicht gelebt zu haben,

ich habe zu viele Menschen gehen sehen, mein Punkt

der Erschöpfung ist erreicht, ist überschritten, und schon der bloße Gedanke, dich –,
dass du –,
erschöpft mich,
das ist mein Fluch,
diese Erschöpfung,
ich ging, damit ich dich nicht gehen sehen muss, ich befreite mich aus deiner Welt, die du mir ohnehin entzogen hättest, es hätte nicht mehr lange gedauert, und du hättest die Nase voll von mir gehabt, von meinen vorgespielten Launen, meinen Wutausbrüchen,
diese Zelle, die du um uns herum errichtetest,
die dir enger wurde,
nicht mir,
dir zu Liebe ließ ich diese Zelle zu, die unser Heim war, dieses bescheidene Zuhause mit dem kaputten Geschirr, das nicht mehr sauber wurde, der schmutzigen Tischdecke, Asche war darauf verwischt, auch Rotweinflecke, diesem Doppelbett, in dem ich lange nicht mehr schlief,
ich war dir ein Nachtschattengewächs, das tagsüber seine Blüten geschlossen hielt, nachts öffnete ich mich dir in deiner Abwesenheit, hättest mich nehmen müssen, mir den Mund spreizen, die Beine auseinanderdrücken,

hättest alles mit mir machen können, alles,
aber du bist kein böser Mensch, keiner, der besitzen will, und eitel bist du auch nicht, in dem Mangel an Eitelkeit sind wir uns einig, auch in der Stille, die manchmal zwischen uns gedeihen darf,
sag, fütterst du die Meisen, auch wenn es Sommer ist?,
Liebster, bring deine Träume auf den Punkt, benutze sie, um dir ein Leben zu erschaffen, endlich, so lange hast du ohne Leben gelebt, ohne diesen Atem, der das Schöne noch bedeutsamer macht, alles andere ist egal, Sehnsucht ist nur gegenwärtig, wenn man gefangen ist, Sehnsucht arbeitet gegen Freiheit an, beide haben wir sie, in kleinen Gesten geben wir es zu,
bemerkst du sie, diese Gesten?,
manchmal ein Zwinkern in ferne Gedanken hinein,
manchmal eine Handbewegung, die unsere Realitäten verwischen soll,
einfach so,
doch nichts ist einfach, wenn man sich gefangen fühlt,
nichts, Joe, das Aufstehen nicht, und auch nicht, dass ein Tag vorübergehen muss,
ich fürchte die Nacht, in der ich keine Träume mehr habe,

seit ich mich erinnern kann, träume ich,
ich träumte von den Ereignissen, die zukünftig passierten.

Ich sehe, rieche, höre, fühle und taste mich an die geträumte Zukunft heran, Wachzustand, auch wenn der Körper ruht, luzide Wahrnehmung, eine Oneironautin bin ich, immer schon gewesen,
vielleicht sind es meine Träume, die den Captain auf ein Erwachen hoffen lassen, immer waren es meine Träume, ihre Dunkelheit, ihr Licht,
von den Meisen träumte ich, noch bevor Joe geboren war, von den dünnen Ästen, drangen durch ihr Federkleid, träumte Totenkäfer überlebensgroß, träumte diese einzelne Narzisse, die mich pflückte,
diese Träume, Inès, ließen deine Pflanzen gedeihen,
Inès versteht nicht, und ich bezweifle, dass sie meinen Worten Aufmerksamkeit geschenkt hat, konzentriert ist ihr Blick, fokussiert auf die kleine Welt, die im Bildschirm in ihrer Hand Platz findet,
sie streicht darüber, will, dass es regnet, sagt sie abwesend, blitzt und donnert, sie will ihren Pflanzen und Keimlingen ein erstes Gewitter angedeihen lassen, sie kichert leise, und mit einem sanften Fingerdruck erhöht sie Temperatur und Luftfeuchtigkeit im Raum

und mit einem weiteren entstehen Sekunden später Wolken an der Decke, sie blähen sich auf, dunkeln sich ein, bald werden sie sich entladen,
bereit?, fragt Inès,
die Spannung kriecht in mich, vibriert in meinem Inneren, und während Inès ein paar Schritte zurückgeht, tritt mein Lazarusherz mitten in das Gewitter, ich werde eins mit dem Blitz, der, mich blendend, den Raum und sein Gegenständliches für einen Augenblick erhellt, meine Kleidung und meine Haut empfangen den Regen, ich öffne den Mund und schlucke den Donner, alles ist diese Musik, zuerst leise und fern, dann anschwellend und bedrohlich nahe, Klänge, die mich in ihrer Disharmonie erfüllen, ich schmecke Erinnerung,
Inès' mahnende Worte, ich solle vorsichtig sein, höre ich nicht, will nicht hören, will erinnert sein.

In den Tagen nach meiner Begegnung mit Luigi sprach die Signora kein Wort mit mir, kam ich in die Küche und traf sie dort an, stand sie auf und ging in ihr Zimmer,
ein Zimmer, das ich nie betreten hatte und durch dessen Schlüsselloch ein herbes Parfum zu riechen war, von dem mir schwindelte,

ich sah mich nach dem Porzellan um, doch sie hielt es wieder versteckt, war still, war diese Fremde, die sie duldete, ich hätte fragen, sie zur Rede stellen und vielleicht verschwinden sollen, aus ihrem Umfeld, aus der Stadt, aus dieser Zwangsjacke, in die uns der Faschismus sperrte,

ich konnte nicht, konnte nicht wider meine Bestimmung handeln, die ich in mir pochen spürte, es war Bestimmung, die Luigi und mich aufeinandertreffen ließ, war ein leichtfüßiger Weggefährte in meinen Schmetterlingsleben,

trieb es mich von einer Blüte zu einer nächsten, manchmal gegen den Wind,

in der Küche blieb der süße Duft des Orangenlikörs, über der Stadt war ein Gewitter niedergegangen, erst nach und nach kamen die Menschen aus ihren Häusern und Hauseingängen und den Cafés, erst nach und nach verschwand die Stille, dieser seltene Gast am Tiberufer, auch die Schachspieler nahmen wieder Platz an ihren Tischen, legten die Bretter auf und stellten die Figuren in jene Positionen, in die sie sie vor dem Regen gebracht hatten, mit den ersten Tropfen waren sie ins Café gekommen, hatten sich dicht aneinandergedrängt, und geschwiegen,

als sie sich erneut unter den Feigenbaum begaben,

ging ich ihnen nach, glich meine Bewegungen ihrer Langsamkeit an, half ihnen, ihre Stühle abzutrocknen, und lächelte ihrem beginnenden Spiel,
das Gewitter war ein Echo des Gewitters in mir gewesen, das mich seit jenem Tag begleitete, an dem Luigi die Verletzung der Einsamkeit in mir gesehen hatte,

obwohl das Verlangen verzehrend in mir brannte, hoffte ich, Luigi nicht wiederzusehen, jede Stadt, und hat sie noch so wenige Gassen, die man nehmen kann, um seine Wege zu gehen, kann doch so groß sein, unendlich fast, ein Labyrinth, in dem man sich nicht findet,
nicht wie die Städte jetzt, die keine Wege mehr haben, keine Verzweigungen, kein Licht mehr, das man fangen kann, Licht, das wärmt, das blendet,
ich kenne es, ich sah es an diesem Nachmittag, der sich in den Abend neigte, als sich die letzten Wolken, die das Gewitter übrig gelassen hatte, verzogen, ich sah Luigi, unweit des Cafés stand er, nahe dem Brunnen, an die Hausmauer gelehnt, er sah mich an, seine Hände waren übereinandergelegt und formten eine Kugel, er wartete, und ich ließ ihn warten, bis der Abend kam, und als ich mich näherte, Schritt für Schritt, spürte ich den inneren Donner, die Spannung, dieses unsichtbare Seil, das uns aneinanderband,

früher, sagte Luigi, haben die Menschen Drachen am Himmel gesehen,
suchend blickte ich zum Firmament, und als er die Hände, die immer noch diese Kugel formten, etwas hob, trat ich näher, mittlerweile, sagte er, sind die Drachen unsichtbar, und manchmal kleiden sie sich in ein anderes Gewand,
er öffnete die Hände, und zwischen seinen Handflächen erhob sich ein Schmetterling,
Zitronenfalter,
mich umflatternd stieg er in den Himmel.

Die suchende Seele, zwischen Himmel und Erde, findet Dunkelheit und Licht und findet sich in der unsichtbaren Grenze dazwischen,
meine unsichtbare Grenze hieß Schwellenangst, die es zu überwinden galt, augenblicklich, war er doch keiner, der gewartet hätte, er war einer, der in das Leben anderer dringen wollte, tief in ihr Innerstes in einem gewalttätigen Akt, getarnt als Verzauberung, als zerbrechlicher Flügelschlag eines Schmetterlings,
siehst du ihn, mein Captain,
siehst du das bestechende Gelb, das er dem Nachthimmel entgegensetzte?, hörst du, wie sein Flügelschlag den Wind durchschnitt?,

ich höre ihn, ich sehe ihn, hier in deinem Raum, deinem Nachthimmel, der keine Sterne hat, nur das zarte Flackern des Energiebandes, das dich am Leben hält, könntest du ihn sehen, den Schmetterling, er würde dir ein Lächeln zaubern, einen Atem, der dich erwachen ließe,
hinter mir ein Räuspern, ich erschrecke,
du zitterst, sagt Raul und nähert sich,
ich gebe schützend die Hand auf das Glas, unter dem der Captain schläft, Raul legt seine Jacke über meine Schultern, ich sehe ihn an, dankbar, wie ich es manchmal sein kann, und er sieht zum Captain,
dass er wieder aufwachen werde, sagt er, dass er stark sei und wir ihn brauchen, jetzt mehr denn je, dann schweigen wir, es ist ein angenehmes Schweigen, das uns verbindet,
so vieles, was ich Raul fragen möchte, so vieles, was Raul mich fragen möchte, lange sahen wir einander nicht, es ist Wochen her, dass er mit uns anderen im Gemeinschaftsraum aß, Monate, dass ein Wort über seine Lippen kam, wieder räuspert er sich, als müsste er sich dafür entschuldigen, dass er unser Schweigen bricht,
hier ist es nicht still, Eva, ich kann seine Gedanken hören, laut und anklagend sind sie, und an manchen

Tagen, wenn seine Gedanken lauter und anklagender werden, kann ich nicht an seiner Seite sein,
an manchen Tagen, sage ich, kann auch ich nicht an seiner Seite sein,
komm mit, sagt Raul, du musst dich wärmen, wir müssen funktionieren,
er hat recht, wir müssen eins bleiben mit der Energie, erzwungene Einheit zwischen uns und dem Schiff, der Mission und unser aller Zukunft,
Raul geht voraus, und ich folge ihm, im Gang überrascht mich eine andere Stille, eine tatsächliche, keine Gedanken, nichts Anklagendes, nur still ist es, gnadenlos still, nicht jeder Gedanke darf an jedem Ort gedeihen, nicht jede Pflanze wird das Gewitter überstehen können,

ich sehe die rote Tür, sehe, wie ich damals, in der alten Welt, ihr gegenüber saß, sehe die exakte Distanz zwischen meinem Platz und der Pforte, ich schließe die Augen, damit sie wieder verschwindet, doch sie verschwindet nicht, sie öffnet sich, und im Ausschnitt wartet marineblaue Dunkelheit und darin ein strahlender Punkt, der größer wird, je weiter die Tür sich öffnet, ich hebe die Hand nach dem Stella maris, greife nach ihm und lasse ihn auf meinen Fingerkup-

pen ruhen, und mit der Berührung kommt erneut Erinnerung, als würde das Gewesene in nur einem Augenblick nach mir langen,
ich kann nicht anders, sage ich zu Raul, als mit meinen Erinnerungen zu gehen,
bald, sagt er, wird nichts mehr von ihnen übrig sein.

In den Minuten des Dämmerschlafes, wenn sich die Nacht in den Morgen verabschiedet, ein Totentanz in meinem Kopf,
Maskenball der Geister,
zukünftige und vergangene, vereint in Spott und Hohn, der gegen mich gerichtet ist, gegen meine Leichtgläubigkeit, hinter der ich mich verstecke, und jede Maske, die mir lacht, ist ein Täuschungsmanöver, um mich in eine Falle zu locken,
egal, man muss wissen, wie man über sich selber lacht, man muss funktionieren können, auch in der Grenzüberschreitung, in der Hingabe an das Dunkle, das einen nach und nach weitet,
immer noch begleitet mich die fordernde Stimme, begleiten mich die Berührungen, die er mir großzügig gab, wenige waren es, diese Grenze durfte niemals überschritten, der Dämon nie aus seiner Hölle gelockt werden,

Joe, Geliebter, auch die Intimität der Nacht hat ihre spürbare Begrenzung, und mit Anbruch des Tages, mit Einbruch des Lärms in die Stadt, der aufgerissenen Münder, der lebendigen Stimmen, all der Dinge, die nur in ihren Strukturen zu betrachten und in ihren Oberflächen zu lesen sind, dem Alltag zwischen Gedankenkonstrukten und Realitätsanspruch, ziehen sich die Geister, wenn auch nur widerwillig, in ihre Schlupflöcher zurück,
joie de vivre, getragen vom Wind folge ich einem Sonnenstrahl, der mich in diese oder jene Ecke führt, manchmal in diese andere Stadt, auf Wände gezeichnet versteckt sie das, was darunterliegen könnte, und zieht es mich zur roten Tür, schlage ich den sprichwörtlichen Haken, zu lange habe ich in Vergangenheiten gehaust,
hier, Joe, tagsüber ist es Klarheit, die sich im Blick auf den Asphalt, bedeckt mit Zigarettenstummeln, sammelt, stellenweise aufgebrochener Asphalt,
doch was passiert, wenn sich das Aufgebrochene weitet?,

die Empfänglichkeit für Leid wächst an, abstoßende Bilder verlocken in abstoßendere Gedanken, locken hin zu diesem Wunsch nach Grausamkeit, es lauert

der Mondschatten des Dionysos, labt sich an Wut und Angst, an zunehmender Enthemmung,
hier,
das Abbild einer verdrängten Hölle, das sich über das Raster des Realen legt, die Dämonen halten sich versteckt,
ich,
Joe,
bin stumm wie die Gewalt, die aus den Rinnsalen speit, bin Unglücksbetrachterin, mein Körper erneut in Flammen, doch ich brenne nicht.

2

Die Unendlichkeit ist ein Prolog, der auf der dunklen Bühne des Universums geschwiegen wird, und das, was sich Untergang nennt, ist lediglich der Beginn einer neuen unverrückbaren Tatsache,
das Selbst im Zugzwang, bei dem sich jeder Spielzug als Nachteil bemerkbar macht,
als Unausweichliches,
kalter Nebel, der über der Welt liegt, die wir Erde nennen, die verseucht ist, aufgebraucht, ein Glassarg, der über die Überlebenden gestülpt wurde, für Freiheit gibt es keinen Sauerstoff,
wir, und auch andere, mussten gehen, um dem gehäuteten Leben eine neue Chance zu ermöglichen, dem sich erschöpfenden Dasein unter den Oberflächen zu entfliehen,
noch ist nichts erreicht,
nicht bewiesen, dass sich in der Dunkelheit des Alls ein Lichtstrahl zeigt,
Licht ist diese eine Sehnsucht, die wir alle teilen,

Inès sagt, dass die Pflanzen ihr erstes Gewitter überstanden hätten, Jaques schweigt, wir sitzen im Gemeinschaftsraum, nehmen Nahrhaftes zu uns, das das Schiff uns gibt,
neue Energie muss in uns dringen,
wir im Dienste der Mission,
ausgeliefert,
auch ich bin schweigsam, während Inès unermüdlich getrieben Notizen über Gedeih und Verderb ihres Dschungels tippt, dabei Unverständliches murmelt,
ich sehe zu Jaques, er meidet meinen Blick,
das Tier, spüre ich, in ihm ist im Begriff zu erwachen,
zu sehr in sich ruhend ist sein Körper, zu wach sein Geist,
kalter Nebel, der sich in den Gemeinschaftsraum legt, wir haben ihn mitgenommen, wir sind nicht besser als die anderen, jene, die wir zurückgelassen haben, zurücklassen mussten,
gibt es Nachricht?, fragt Jaques,
ich schrecke aus meinen Gedanken,
nein, sage ich, kann nicht lügen,
nein?,
seit Tagen nicht mehr,
wir sollten zurück, sagt Jaques, sieht mich immer noch nicht an,

vielleicht, sagt Inès zögerlich, wäre es besser, die Mission abzubrechen,
nein, sage ich,
wenn Eva meint, sagt Jaques und sieht mich an, und ich sehe ihn, sehe für diesen Augenblick in sein Innerstes, seine Begrenzung, die er mit sich trägt, seine Wünsche ausgegrenzt, er ist die Mängel, die sich in ihm festgesetzt haben, seitdem er in die Welt gekommen ist,
ich weiß, was aus einem Mangel heraus passieren kann,
mir schaudert,
nein, wiederhole ich,
es gibt kein Zurück, nur dieses Vorwärts in das Unbekannte,

kalter Nebel, die Sonne nur noch ein schwacher Punkt, der manchmal zitterte, und ihr Licht formte die Baumgerippe zu schwarzem Glas, das unter einem Windhauch zerbrach,
sterbende Schönheit, sagte der Captain, als wir einander kennenlernten, als uns bereits mehr verband als Gesten der Verlegenheit, ich wünschte, sagte er, ich hätte die Erde blühen sehen, es blüht meine Erinnerung an lichtgetränkte Tage,

Nachmittagsglanz, Unbeschwertheit, dieses Augenblicksdasein, von dem ich nicht zu erzählen wage, ist schmerzhaft lange her, ist nichts weiter als ein Gespenst einem Traum entwichen,
ein paar Kriege nur, und Ruinen blieben, Menschenreste, Mahnmale der Abwesenheit, langsam hatte sich unter den Oberflächen eine neue Welt gebaut, schöne, neue, saubere Welt der Künstlichkeit, der erzwungenen Harmonie, der Reproduzierbarkeit auf Zeit, beschränkt, nicht länger als ein, zwei, drei Lebensalter, nur um erneut zu verblassen,

wir machen weiter, sage ich, wir müssen,
wenn Eva meint, sagt Jaques.

Nichts, nur diese Stille, die aus dem Bildschirm dringt und auch mich die Mission in Frage stellen lässt, diese Reise ohne Wiederkehr, ich zweifle, seitdem der Captain in seinem Glassarg ruht, seinem eigenen kleinen Schiff, das ihn vor unseren Zweifeln schützt,
er sagte, hört auf Eva, er sagte, brecht die Mission nicht ab, dann nickte er in Richtung Jaques, schickte mir, die ich über ihn gebeugt stand und trockene Tränen schluckte, ein letztes Lächeln, er schloss die

Augen, nahm einen tiefen Atemzug, hielt den Atem in sich fest, und mit einem Klick schob sich der Behälter zu, mit einem weiteren zog sichtbar Energie in seinen Körper,
das Warten begann, die schlaflosen Nächte, in denen ich mich an der Seite des Captains sah, in seinen Armen, und in inneren Monologen flüsterte ich ihm, was einst mein Leben gewesen war,
ein Etwas zu einem Nichts geworden,
nichts,

ich warte, dass das Nichts zu der ersehnten Nachricht wird,
ich bleibe länger, als ich müsste, das Schiff drängt, in meinen Pflichten weiterzuziehen, doch ich bleibe in dieser Abgeschiedenheit, weil ich nicht glauben will, dass Hoffnung ein vorübergehender Zustand ist,
ich hoffe, weil Atem in mir ist,
ein schwarzes Loch getarnt als Bildschirm lässt mich an die Signora denken, ihr Blick trifft den meinen, ihr schmaler Mund verwehrt mir Freundlichkeit, ich höre ihr Schweigen, ich spüre das Abschätzige als kalten Schauer, der in die Glieder kriecht, die mich strafende Eifersucht hätte ich der Signora nicht zugetraut, nie können wir wahrhaftig in die Herzen der

Menschen schauen, in das an ihnen Nagende, das Zerfressene, das, was sie zu Erloschenen macht, zu leichter Beute, es ist das Verdorbene, das Totenansager lockt, denke ich, quirlige Vorboten des Unheils, das mit Bestimmtheit naht,

Eva?, höre ich eine Stimme, und das Antlitz der Signora verblasst,
gleich dem Totenkäfer erstarre ich, streckt seine Vorderbeine weg vom Körper, stellt sich tot, verkriecht sich nicht,
Eva?, ruft es erneut, bist du da, Amicitia?,
Amicitia nannte er mich an den guten Tagen, und eine Amicitia sah er in mir, gleichrangig, wertbezogen, er und ich waren diese moralisch bindende Verpflichtung, dieses Mehr an Freundschaft, dieser Pakt, besiegelt, als er mir den Taschenspiegel gab,
komm mit, sagte er, folgen wir dem Schmetterling, und an seiner Seite folgte ich, während er mich führte, mal links in eine Gasse biegend, mal rechts, ich ließ mich führen, zu einer Blinden wurde ich, ein ahnungsloses Ich, das sich im Irrgarten seines Lächelns verlief,
verlor meine innere Karte, vermessen mit jedem Schritt, verlor die Geschichte der Stadt, die sich unter

den Wölbungen der Pflastersteine gesammelt hatte, unter dem Wellengang aus Stein, der an manchem Straßenrand in einen Abgrund brach,
zu einem Leerraum wurde ich,

nichts Neues,
kein Ton, auch kein Signal, das über den Bildschirm zuckt, kein Echo,
ich drehe mich nicht um, als ich meinen Namen höre,
gibt es wirklich keine Nachricht?, fragt Inès,
nichts,
nicht von der Erde?,
nicht von den anderen Schiffen?,
nein,
hörbar seufzt sie, es ist der Drache, oder?, es ist der Drache, der die Stimmen tötet, der sie mit in dieses Ding mit Namen Hölle nimmt, sag mir, Eva, was diese Hölle ist, ich will verstehen,
du kennst die Hölle, Inès, hast nur dieses Wort nicht dafür, dieses alte Wort, zu Staub verfallen, hat sich in sich selbst verbrannt, hättest doch auch gerne ein Leben gehabt, das die ewige Verdammnis fürchtet, eine Geschichte, die eine Mutter und einen Vater hat, die eine Liebe hat und einen Hass, Schmerz und Leidenschaften, der kalte Nebel hat sie dir erstickt, hat

sie nie gedeihen lassen, was ist, meine Scheue?, lässt dich ein bisschen Lebensmut erstarren?, ein bisschen Wahrheit?,
gut, ich erzähle dir eine Geschichte, setz dich auf meinen Schoß, komm und leg deinen Kopf an meine Brust,
komm, Amicitia, leg deinen Kopf an meine Brust, setz dich zu mir, setz dich auf meinen Schoß.

In eine schmale Gasse waren wir gebogen, kaum, dass er und ich nebeneinander Platz hatten, stiegen über Abfallreste, wichen losen Pflastersteinen aus, leichtfüßig wie ich war, konnte ich nicht stolpern, er hielt inne, sah mich an und hob seine Hand so, dass ich nach ihr greifen konnte,
erste Verführung, der ich nicht widerstand,
komm, sagte Luigi, seine Handfläche kalt und auch in seinem Blick lag Eisiges, etwas, was bei unserer ersten Begegnung in mich gedrungen war, etwas, was ich ihm erwidern konnte, und was vor langer Zeit in mir gewachsen war,
ich folgte ihm durch den überdachten Eingang, die ockerfarbene Mauer begann sich in Rissen zu verlieren, rechts ein trockengelegter Brunnen seines Schmuckes beraubt, links die Überreste eines antiken

Reliefs, ein paar Stufen hinab, dann eine Wendeltreppe hinauf, er hielt mich fest, gab es doch nichts außer altem Stein, an dem ich mich hätte halten können,
mit jeder Stufe erahnte ich Gemeinsames, das vor uns lag, Ausschnitte dieses Gemäldes, in dem hartes Licht die Figuren aus ihrer Umgebung hob und sie umrahmt von Dunkelheit in ihrem bloßen Sein zeigte, Farben so kräftig, als hätte man sie mit Glassplittern versehen, um ihren Glanz zu verstärken, grober, doch sicherer Pinselstrich,

dass die Abendsonne Blätterschatten an ein schmutziges Fenster warf und die Schatten von Wind bewegt zitterten, sah ich, als ich sein Zuhause betrat, dann erst nahm ich den in die Länge gezogenen Raum wahr, missgestalteter, verformter Raum, der sich vielleicht in Unendliches zog,
auf den ersten Blick gehörte nichts zusammen, war ein unüberschaubares Durcheinander, *Nature morte* auf den zweiten Blick, in der jedes Objekt seinen Platz hatte, kleine Statuen, Steine, Holzstücke, eine Armbanduhr, die nicht mehr tickte, ein Taschenspiegel, und auf der Kommode lag beschriebenes Papier, ein Blatt unordentlich über das andere gelegt, andere

Blätter aus Büchern gerissen, auch sie waren überschrieben in winziger Schrift, nicht zu entziffern,
ich wagte nicht, neugierig zu sein,
in einem der Regale stand ein Strauß trockener Blumen, kleine gelbe Blüten, dicht aneinandergewachsen, wirkten nicht welk, obwohl die Vase ihnen kein Wasser bot, und in einem anderen stand ein gerahmter Glaskasten, zwei schwarze Käfer darin, mit dünnen Nadeln nebeneinandergesteckt,
es roch nach Büchern, ihren Ledereinbänden, ihrer Geschichte und den Geschichten, die sie erzählten, roch nach Tabak, der sich in die dunklen Vorhänge und die Bettwäsche gezogen hatte, und roch nach dem Holz, das die Wände kleidete,
hinter dem Bett waren ein Tisch und zwei Stühle, ich nahm Platz, saß regungslos da, Fremdkörper, als der ich mich fühlte, hier in diesem arrangierten Leben, in dem mir auch Luigi ein Fremdkörper zu sein schien, strich mir auch nicht die Haarsträhne aus dem Gesicht, die sich über Wange und Mund wand, hielt seinen fordernden Blicken stand,
blutrot lag der Wein in den Gläsern, die Luigi zwischen sich und mir auf dem Tisch zurechtrückte, der Wein sog die letzte Abendsonne in sich, die aus dem Zimmer kroch,

wir saßen einander gegenüber, tranken das Zwielicht, spürten die Lust zwischen uns, die Verführung hieß, seine und meine, die ihr Ziel gefunden hatte, Luigi lächelte, sagte, jetzt trink, gehorsam nahm ich einen Schluck, verschluckte mich, ein Tropfen, der meinen Lippen entkam, seine Berührung, plötzlich, seine Hand, die fesselnd meinen Mund bedeckte, *Chiaroscuro*, immer wieder, meine Schöne, hell und dunkel, hatte sich das Schicksal hinterhältig in meine Zufälle verkeilt, Inès steht ruckartig auf, sieht mich an, fragt, ist das Liebe?, und ich sage gespielt gleichgültig, ich weiß es nicht, ich denke, es ist einfach nur Vergangenheit.

Vergangenheit, dieses abstrakte Lebenserinnerungskonzept, eine Geschichte von vielen, mehr nicht, rede ich mir ein, die nach und nach aus mir herausbrechen wollen, Inès versteht nicht, auch wenn es sie danach drängt, will sich in mein Spiegelbild drängen, hinein in den Spiegel, der mein Gemälde zeigt, nicht nur gute Tage gab es zwischen uns, gab erdrückende Dunkelheit, die auf seinen Schultern lag, sich

in ihn fraß und mir mein Licht entlockte, es mir verächtlich vor die Füße spie,
Staub bedeckte das Papier, das Papier den Boden, auch das Bett, Staub bedeckte Luigi, als hätte er sich tagelang nicht wegbewegt, falsch bist du, Eva, sagte er, traust dich mit deiner Falschheit an meine Tür zu klopfen, willst mir mein Leben stehlen, willst dunkle Zeiten heller färben, willst, willst, geh, nein, setz dich, komm schon, bleib, sagte er, nein, es wäre besser, du und deine Verlogenheit verschwänden,
vergiftete Pfeilspitze ritzte mein Herz, der Schmerz hielt mich bei Sinnen,
ich verstand,
auch du, mein Captain, bist einer, der verstehen könnte, mich, dieses Damals, diese Angst, die von Leidenschaft überdeckt werden wollte, der Exzess war das Menschlichste, das wir einander zu geben hatten, führte in Freiheit, die Revolte war, die Gewalt lag im Anschlag, und wir wollten ihr vielleicht nur unser Verständnis von Gewalt entgegensetzen, wir Menschen, simple Organismen, die wir sind, wollen doch immer nur ins Leben kriechen, sich ihm beugen, ihm hinterherjammern und vorausheulen, wollen im Gleichschritt über zukünftige Tote marschieren, er und ich, wir waren anders, unser Verlangen

ließ uns schmerzhaft die Gegenwart spüren, ließ sie uns gleichzeitig verleugnen,
viele, viele Schiffe, wir langten mit unseren Tentakeln nach ihnen und ließen sie gemeinsam untergehen,
du bist anders, mein Captain, und deine Andersartigkeit vermisse ich, auch unsere Zweckgemeinschaft, die weit mehr geworden war als die Besänftigung des Triebhaften, das mein Wunsch nach Freiheit bleibt, das ich auch in dir wecken konnte, weit mehr in diesen Tagen und Wochen nach dem Start, als das Auflehnen gegen das gemeinsame Schicksal,
letzter Halt Unendlichkeit, nicht wahr?,
die Erde war noch sichtbar, erinnerst du dich?, klein geworden in unseren Herzen, bloß noch ein Traum, der allzu schnell aus dem Gedächtnis fällt, ich hörte dein Herz, hörte dem stets gleichmäßigen Rhythmus gerne zu, und als du eingeschlafen warst an meiner Seite, fühlte ich deinen Puls,
Gleichklang auch dort,
dein stilles, starkes Herz,
bevor etwas an dir zu nagen begann, während das Schiff in seiner Vorwärtsbewegung Planet für Planet schrumpfen ließ, ich spürte deine Angst als zweite Haut, die sich unter die meine legte, nicht dein Leben betreffend, sondern unsere Mission, der du dich mit

Leib und Seele verschrieben hattest, pflichtbewusst und stolz,
ich vermisse die Ruhe, die du uns mit nur wenigen Worten jeden Morgen mit in den Tag und unsere Aufgaben gabst,
manchmal, an Tagen wie diesen, leeren Tagen, an denen ich versucht bin, meine Pflichten zu ignorieren, habe ich Angst, allein zu sein, ich greife nach der Zeit, eine zähe Masse ist sie, formlos, wie es ihr eigen ist,
ich gehe in ihr ein,
auch damals, als ich von Luigi wegging, hatte ich Angst, wortlos hatte er mir zu verstehen gegeben, dass ich nicht bleiben konnte, er müsse noch arbeiten, schreiben, Tage festhalten, um Nächte verstreichen zu lassen,
ich begriff,
doch er sagte, ich verstünde nicht, das Kleingeschriebene nicht,
Worte von einem Spiegel gekratzt,
ich hätte auch nicht bleiben wollen, in dieser Nacht gehörte die Angst allein mir, mir und den Ratten Roms, die sich Essensreste aus dem Abfall suchten, unweit des überdachten Eingangs, des Reliefs, ich blieb stehen, sah ihnen und ihrer Geschäftigkeit zu,

sie ließen sich von mir und meiner Angst, diesem dumpfen Pochen, nicht irritieren, ich näherte mich dem Relief, sah einen Meereskentaur, der auf einem Wellenkamm ritt, er hielt eine nackte Frau mit seinem Drachenschweif fest umklammert,
in Luigis Augen, mein Captain, versank ich, aber ich spiegelte mich nicht.

Nur noch Stücke vorhanden, Unvollständiges, Fragmente von Leben, von der Zeit zerfetzte Leinwand, in die gehüllt ich immer wieder erwachte, dort ein Relief, das mir gewesene Zukunft zeigte, da, verlasse ich den Raum des Captains und betrete den Gang, die rote Tür, dahinter wieder Bruchstückhaftes, ein Mosaik ist es, dessen Ganzes falsch zusammengesetzt wurde, die einzelnen Steine sind absichtlich vertauscht,
ich habe nichts mehr, woran ich mich festhalten kann, und lehne ich mich an die Innenwand des Schiffes, erschrecke ich, denn sie gibt meinem Körper nach,
der Drache flüstert, ich kann ihn nicht verstehen, ja, auch ich will zurück zur Erde, will, dass so manch Vergangenes nicht vergangen ist, dass so manch Zukünftiges nie geschieht, ich sehe es, verschwommen,

ineinandergreifend, ist mehr als eine Ahnung, sind die letzten Dinge, die man selbst mit geschlossenen Augen sieht, das Abwesende, in dem sich alles vereint und nicht länger in einem Widerspruch zueinander steht, Leben und Tod, das Tatsächliche und das Imaginierte, das zu Sagende und das Unsagbare, dann,
dann, wenn,
dann, wenn der Ereignishorizont überschritten ist,
wir werden sterben, sagt Jaques, dessen Umrisse sich aus der Dunkelheit meines Quartiers schälen,
ich bleibe an der Tür stehen, lehne mich an keine Wand,
wenn ich daran denke, wenn es mir bewusst wird, dass wir sterben werden, dann wünsche ich mir den Tod, sagt er, einen schnellen Tod, ein schnelles Nichts,
was willst du?, frage ich,
er geht auf mich zu, du warst bei ihm?,
und?, ich weiche nicht zurück,
wir anderen, sagt Jaques, findest du nicht?, hätten auch ein wenig Aufmerksamkeit verdient,
keine Sorge, sage ich, ich funktioniere,
ich hätte, sagt Jaques, auch ein wenig deiner Aufmerksamkeit verdient,
ich funktioniere,

ich forme meinen Mund zu einem Lächeln, forme eine Welt damit,
Gravitationswellen, die entstehen, wenn zwei massive Körper aufeinandertreffen, zwei schwarze Löcher, die so viel mehr Energie produzieren, als im gesamten Universum enthalten ist,
hörst du das All,
hörst du das Flüstern in Hochfrequenz?,
Jaques atmet hörbar aus, dann setzt auch er ein Lächeln auf, ich kann es spüren, es kriecht in mich, durch mich hindurch,
auf bald, Eva, bald, sagt er, geht und nimmt sein kaltes Lächeln mit,
ein Lächeln, das mich in meinen Träumen zwischen Zukunft und Vergangenheit begleitet, zerfällt zu Staub, noch bevor ich wieder erwachen muss, kosmischer Staub, den ich in mich atme, ohne daran zu ersticken, ohne an seiner eisigen Ummantelung zu erfrieren,
es heißt, als das Universum im Entstehen war, hat es diesen Staub noch nicht gegeben, der erste Staub kam mit der ersten Supernova, kam mit ihrem Verglühen, kam als Abfall jeder Sternenexplosion, Staub, der in dunklen Flecken sichtbar zwischen Sternen wandert, wird er vernichtet, bildet sich ein neuer Stern,

du musst wissen, wo sich unsere Grenze befindet, sagte Luigi,
fang dich in unserer anarchistischen Beziehung nicht wie in einem Schmetterlingsnetz, dachte ich,

neue Sterne sollen unsere Zukunft sein,
Zukunft?,
ist, war es schon immer, ein pragmatisches Herablassen auf eine Möglichkeit, auf eine Richtung, die weder einen Anfang noch einen Endpunkt hat,
Zukunft, *contra definitionem,* ist die vollständige Auflösung des Raumzeitbereichs, der uns umgibt, ist das Kausale außer Kraft gesetzt, kann nur ein Erinnern sein,
dennoch träume ich sie, ich träume, dass wir einen dieser neuen Sterne betreten, erdengleich grünt er, erdengleich ist auch die Kraft des Ozeans, dessen Wellengang an Feuerberge peitscht, der Drache schweigt,
du, Joe, stehst an meiner Seite, stehst du immer, lässt dich einfach nicht wegdenken,

liebster Joe,
das Abendlicht legt sich über die Fassaden und weitet Straßenschluchten, ich meide diese naturgegebene Unwirklichkeit, ziehe mich in dieses Loch zurück,

das ich erneut ein vorübergehendes Zuhause nenne, Dunkelkammer, in der ich meine Erinnerungen zu Silberkristallen entwickle, verkrieche mich in das Hochbett und unter das Laken, das nach billigem Weichspüler riecht,

ich verdränge alles, was draußen ist, war und gewesen sein wird, die zunehmende Hitze, die Lust, in die mich mein Geschlecht zwingen will, verdränge das Feuer, das von nächtlicher Wolkendecke reflektiert wird, Brandherde, überall zieren sie das Antlitz der Stadt, während ich Vergangenes kartiere,

als wäre ich eine Fremde gewesen, führte mich Luigi über Plätze, in Cafés, an Orte, von denen er dachte, nur er kennte sie, führte mich über Wege, die Freiheit noch vortäuschen konnten, unsere Namen sprachen wir kaum, berührten uns in Zufällen, gingen langsam, manchmal war es so still zwischen uns, dass ich seinen Herzschlag hörte, für mich schlug es nicht, sein Herz, auch seine Liebe spürte ich selten, ich glaubte sie zu spüren, wenn seine Sprache zu Halbsätzen verkam und seine Stimme brüchig wurde, Obszönes dem entgegengehalten, in Anspielungen, die er mir mit seinem Atem in die Haut kratzte, wir brauchten einander, das Leise und das Angriffige zwischen uns, er brauchte mich mehr als ich ihn, weit

mehr als mir lieb gewesen wäre, für mich war es nicht dieses Spiel, das er mir in dunklen Momenten unterstellte, ich liebte ihn, beinahe bedingungslos, jeden Halbsatz, der nicht gesprochen wurde, jedes Wort, das mich seine Schrift entziffern ließ, und als er dem Schmetterling die Freiheit gab, wusste ich, ich würde ihn für immer lieben,
wer sich an die Nacht gewöhnt, heißt Angst vor dem Tageslicht willkommen,

aus dir, Luigi, und dieser Liebe schöpfte ich, und diese Liebe war Teil einer Verachtung, die ich für mich empfand, Teil einer Geschichte, die meinen Körper nach und nach besetzt hatte,
nichts Menschliches war mir fremd, nur er,
nur du, Luigi, im Glück, dass wir einander begegnet waren,
und ließ ich das Glück zu, das mich in seiner Gegenwart umfangen hielt, dann wenn ich es nicht verbergen konnte, wusste ich, er ertrug es nicht, nicht das Glück, nicht meine Freiheit, sie erdrückte ihn.

Bevor ich ging, hatte der große Regen begonnen, Joe und ich schwiegen, wir sagten einander das Nötigste, wie es eben ist, wenn Trennung unverständlich bleibt, ein Realitätsverlust, wohltuend und doch voll Irritation, jeder wahrgenommene Regentropfen ein undefinierter Schmerz, kurz, doch heftig, getragen von innerer Stille, gefolgt von einem stummen Schrei, und die Welt begann, ihr Antlitz zu verändern, oder waren wir es, die sie veränderten?, die Regen mit unseren unausgesprochenen Wünschen heraufbeschworen hatten, dem einen Wunsch, dieses Uns von seinen Fesseln aus Schlangenhaut zu befreien?,

die Stunden verstrichen, verloren sich in der Abwesenheit von Nichtigkeit, die Joe und mich verband, einmal, so brach ich das Schweigen, wenn die Maßlosigkeit auf der Welt überhandgenommen hat, ein jeder, selbst die Bettler in kostbare Gewänder gekleidet sind, wenn Unzucht nichts Verstecktes mehr ist, die feinsten Damen ihren nackten Busen zur Schau tragen und sich jedermann feilbieten, wenn das schlimmste Verbrechen keine Sünde ist, dann, so heißt es, ist das Ende der Welt nicht fern, ein großer Krieg wird kommen, und dieser Krieg wird der schrecklichste sein, den die Menschheit je erlebt hat, er wird der letzte sein, denn alle Mächtigen dieser Welt werden kämpfen, jeder gegen jeden in erbarmungslosen Schlachten, selbst der Regen wird von der Farbe des Blutes sein, und so kurz der Krieg nur dauert, so wenige kommen

mit dem Leben davon, nicht viel mehr als im Schatten eines Baumes Platz finden könnten, die Erde wird von Kadavern, ob Mensch, ob Tier, bedeckt sein, dann wird ein Feuer kommen, und es wird eine Hitze sein, die selbst Steine schmelzen lässt,
das Ende unserer Welt,
er lachte, und als sein Lachen verklungen war, sah er aus dem Fenster zu den Meisen, die sich im verzweigten Geäst vor dem Regen schützten,
Gegenpole vereint, dachte ich, in diesen letzten gemeinsamen Momenten, in denen ich ihn mehr liebte als jemals zuvor.

Von einem Zeitsprung zu einem nächsten, immer dann, wenn alles schon längst in den dafür vorgesehenen Abgrund gefallen war, ein Stern, der das Leitmotivische verloren hat,
das ist Zukunftsmusik, ein Krieg, der die Welt entleert, ausweidet und zerstückelt, *Duce, Duce*, das Heil der Übermacht, die sich für einen baldigen Verfall herausgeputzt hat, Glanz als Falle, fall nicht, Eva, fall mir nicht auf das im Prachtgewand verkleidete Elend herein,
Hingabe,
träume ich,

ist mir die untypischste meiner Erfahrungen,
ich träume diesen einen Nachmittag, dieses eine Bild in Endlosschleife, die alte Frau, die sich vor die rote Tür gekniet hatte, schmutzig war ihre Haut, auch ihr Kleid, ein Abendkleid aus schwarzer Seide, der Spitzensaum zerrissen, der Stoff befleckt, starr ihr Blick, gerichtet auf das leblose Ding, das vor ihr lag, Flügel ausgebreitet, Beine zu einem Dreieck arrangiert, und der toten Möwe fehlte der Kopf,
ich erwache, und Jaques Lächeln ist in mir verschwunden, seine Abwesenheit rieche ich, das Aufdringliche seines Begehrens, die Überlegenheit, die aus ihm strotzt,
ich durchschaue ihn, das Raubtier, das er gerne sein möchte, ein neuer Captain, doch über den unseren wache ich,
auch du warst in meinen Träumen, Joe, deine Abwesenheit öffnete mir die rote Tür, führte mich in die versteckte Rue, mit ihren Fassaden, als wären sie aus Sand, als könnte ich meinen Fußabdruck auf ihnen hinterlassen,
ich träumte von unseren letzten gemeinsamen Tagen, von der gemeinsamen Stille und diesem Rest gelebter Liebe, der sich aufblähte wie ein Kugelfisch,
dein ersterbendes Lächeln, als ich ging,

deine Selbsttäuschung, ich würde wiederkommen, das grüne Licht drängt mich in meine Pflichten, heller ist es geworden, auch das Summen lauter, Pflichten, die ich immer mehr infrage stelle, ich habe aufgehört, die Tage zu zählen, ich habe mich verloren, im Jetzt und in den Zeiten, in all den Abschieden, deren Zeugin ich gewesen war,

die Namen auf den Grabsteinen verschwimmen, die Toten ineinander, ihre Gesichter, Gesten, die sie mir einst schickten,

aus dem All betrachtet zeigt sich bei jeder Sonnenfinsternis ein Mondschatten auf der Erde, überdeckt Risse, Körperrisse, Aufspaltung, Häutung, in zähem Schlamm stecke ich fest, kein Lichtstrahl in Sicht,

nur wenige Menschen sind es, die mir in meinen Leben leibhaftig im Gedächtnis geblieben sind, du, Joe, und auch Luigi, in meinem Herzen, um euch trauere ich an den guten Tagen,

das grüne Licht, das Surren und die Sehnsucht ziehen sich in ihre natürliche Dunkelheit zurück, an diesem Ort trägt sie seinen Namen, er, Luigi, ist immer die Rückseite des Spiegels, und hinter dem Spiegelnichts wartet er auf mich, hinter der roten Tür, die sich erneut in mein Blickfeld drängt, erneut musste ich in die Gasse gehen, an dem Obststand

und dem Antiquitätengeschäft vorbei, an den verschlossenen Toren, an dem Mann im Nadelstreif, der mir aus seiner gebückten Haltung ein höfliches Lächeln schickt, auch ich lächle, kann nicht anders in meiner Ahnung, die sich hinter Verlegenheit verbirgt, Paris, zwingend, ist dieser lange Schatten, den selbst das sich in Bewegung befindliche Licht nicht verrücken kann, ist dieses warnende Grau, selbst an den sonnigsten Tagen, das alle Farben in sich trägt,
absorbiert,
nein,
von sich stößt,
noch hat sich die Tür für heute nicht geöffnet, ich sitze und warte, meine Ungeduld wächst, mein Drang nach einer Erinnerung, die ich vergessen habe, *Deus ex machina*, Teufel aus der Kiste eines Straßenabgrunds hervorgezaubert, der alles noch einmal durcheinander und in Bewegung bringt.

Das grüne Licht schmerzt in den Augen,
das Summen in den Ohren,
gut, ich stehe auf,
schriller, lauter,
ich verlasse mein Quartier,
ist ja gut,

ich folge meinen leeren Pflichten,
ich muss,
und mit jedem meiner Schritte spüre ich die Energie, die uns und das Schiff zu einer Einheit macht, stärker, spüre, von ihr getragen zu werden, gedrängt zu werden, ich soll schneller tun, besser, aufschneiden will mich das Schiff, mein Inneres studieren zum besseren Verständnis, mich teilen, mich in meinen einzelnen Gliedmaßen betrachten,
gut,
ich tippe meine Nachrichten, suche Materie, Reste davon, im unbezwingbaren Nichts, gut, ich warte auf Antwort, die nicht kommen wird, Sauerstoff, Stickstoff überprüfen, Nahrung, der Kurs stimmt, nur leichte Abweichungen, Sternenstaub, der Drache schweigt, wieder warte ich,
aus dem All gesehen funkeln Sterne nicht.

Liebster Joe,
mein wartendes Sein macht mir Angst vor den anderen, wartend auf diese eine Bewegung, während unsere Gesellschaft darauf harrt, dass sie vergeht, abgeschlachtet wird sie werden, und Untätigkeit ist der gemeinsame Nenner, leere Hysterie, der Schrei nach einer Umkehrung, ein leiser Schrei, wird nicht gehört

werden, diese Gesellschaft will keine Genesung, sie will weiterhin ihr tägliches Gift trinken, und dieses Gift heißt Sicherheit, zerstört und wieder ganz gemacht, nur so kann die Gesellschaft, die wir erschaffen haben, funktionieren,
das Kaputte, Joe, es sollte einmal bleiben, sichtbar für alle, spürbar für alle, die sich nur allzu gerne abwenden wollen, auch das Unreine, das Verdorbene, unsere Essenz, es wird, es wird, kein Weg führt an einem Untergang vorbei,
dieser Gedanke erregt mich erneut in eine Demütigung hinein, ich kniete und bettelte um Liebe, um die Erfüllung meines Begehrens, dem bisschen Lustgewinn, dem Abfallprodukt einer unsterblichen Liebe, *le hasard en conserve*, Zufälliges ist in Position gebracht, der damit einhergehende Traum, das Utopische schlechthin, nur eine Wirklichkeit von vielen,
Wirklichkeit eins,
Sehnsucht ist ein lächerlicher Ersatz für Liebe,
Wirklichkeit zwei,
sind bloß Worte, die Tatsachen überspielen wollen, denn jedes Mal, Joe, wenn ich dir sagte, dass ich mich nach dir sehne, verriet ich mich selbst, mit Absicht, pathologisch ist die Sehnsucht, eine Krankheit, die sich von leeren Wünschen nährt,

hätte mich Luigi nicht in die Nacht geschickt, ich hätte es gut sein lassen mit der Bedrohung, die ich mir herbeigesehnt hatte, eine andere Bedrohung als jene, die der nahende Krieg in die Gemüter ritzte,
sie war ein Widerspruch,
eine Revolte gegen das Bestehende, gegen die Mauern, die unsichtbar zwischen den Menschen errichtet wurden,
das Böse hat kein Gesicht,
es versteckt sich hinter den Gesichtern,
auch der Kentaur hatte kein Gesicht, Zeit hatte es ihm abgeschabt, ich strich über die Leerstelle des Reliefs, spürte Luigis Haut, die Unebenheiten, die sein Gesicht ausmachten, spürte den Druck seiner Hand auf meinem Mund, spürte seine andere Hand zwischen meinen Schenkeln.

Ihre Arme auf dem Rücken verschränkt, ihre Körperhaltung angestrengt gerade, ich verhalte mich still, will beobachten, nein, sie tut dem Captain nichts, sie hätte nicht den Mut dazu, steht einfach da, ich rieche ihre Angst, die täglich, ihren Pflanzen gleich, zu wachsen scheint, und dennoch umspielt wunschfrei Glückliches ihr Einheitsgesicht, dreist und fordernd nach noch mehr Glück,

Inès ist dieses Abbild eines Menschen, den die letzten Jahrhunderte formten,
ein Kind ihrer Zeit ist sie, so wie ich immer ein Kind meiner Zeit blieb, eines zwischen Wissen und Handeln, das trotz aller Derbheit Perspektiven hatte,
ich betrete den Raum, und Inès erschrickt, ihr Körper bleibt in aufrechter Starre, sie lächelt einmal nicht, verrät mir kleinlaut, ich will nicht vergessen sein, niemals, verstehst du?,
nein, ich verstehe nicht,
ich will eine Geschichte haben, sagt sie, um eine neue Geschichte zu beginnen, auf diesem Planeten, für den wir einen Namen finden müssen, das werden wir doch, oder?, wir erreichen ihn,
ich denke, selbst nach dem Tod hinterlässt man Spuren,
das ist das Gute an Vergänglichkeit,
das werden wir doch, oder?,
ich sage, wir nennen ihn Inès,
sie errötet, nein, nein, sagt sie und nickt dabei,
Unsicherheit, sage ich, sie steht dir nicht,
Worte, die auch ich, nicht bloß einmal, hören musste, an die ich mich jetzt erinnere, da sie mir gedankenlos über die Lippen kamen,
die mich erschaudern lassen,
was ist?, fragt Inès,

ich sage nichts, fühle mich gefangen, wie ich mich damals gefangen fühlte, als er diese Worte zu mir sprach,
was ist mit dir?, wiederholt sie,
fast hätte ich seinen Namen gesagt,
der Drache?, fragt Inès,
ich schweige,
der siebenköpfige, feuerspeiende Drache hat an meiner Seele gekratzt, erschlägst du ihn mir, erzengelgleich, den Teufel, der sich als Drache tarnte, stürzt du ihn mir vom Himmel, Inès, bevor er mir die ganze Welt und dich und mich ins Unglück führt?,
Höllensturz, nur umgekehrt, nicht der Drache stürzt, wir,
und er, der den Drachen stürzte, thront bronzen in meiner Erinnerung.

Durch die Nacht, an der Engelsfestung vorbei, diesem Schlachtschiff, das bereit war, in See zu stechen, über die Brücke mit ihren steinernen Wächtern, auch meiner Passion, in die Gassen, ich allein, ich mit meinen Gedanken und Gefühlen, mit diesen erregten Stimmen, die mich begleiteten, ich ging schnell, und doch schien ich nicht vorwärtszukommen, Stillstand, nur das Außen bewegte sich, mich in eine Verirrung, es war ein Augenblick, der dich und mich vereinte, etwas allzu Kleines, das dich und mich verändert hatte, nicht grundlos, sagte ich mit Blick in den sternenleeren Nachthimmel,

ich sagte, du, Luigi, erinnerst mich an jemanden, den ich in einem früheren Leben traf, der mich traf, mit einer Speerspitze in mein Herz stieß, damals, ich will seinen Namen denken, doch ich erinnere mich nicht, alles schon einmal dagewesen, selbst die Einzigartigkeit unserer Begegnung, selbst dieses Nichts, der Abgrund, der mich seit der ersten Begegnung umspielte, verziertes Porzellan, opulentes, laut tönendes Nichts, aufgestautes Verlangen, die Liebesgier, mehr, mehr, ich will mehr dieser Flüchtigkeiten,
überbiete mich,
verführe mich,
mit jedem Schritt, der mich nicht weiter vorwärtsbrachte, wuchs sanfte Dunkelheit in mir, der Wellengang der Nacht, war weder melancholisch noch trivial, trug mich in einem Papierschiff über das Meer, bewegte mich schaukelnd und nahm mir das, was sich Grenze nannte, sanfte Dunkelheit, die sich verblendet und doch wahrhaftig Liebe nannte,
zerstöre mich,

ich sagte, ich falle über den Rand der mir bekannten Erde, ich rief, ich bin bereit dazu, und während sich meine Worte gegen die Nacht und den Stillstand auflehnten, formte sich in mir der Garten, verzauberter Garten, der in meiner Fantasie erblühte und gedieh, der Garten war das Morgen, das ich unserem Zusammensein schenkte, ein Ort der Zuflucht, in dem keine Schlangen zischelten, kein Apfel faulte, unser Garten, den du nie betratst, roch nach Orangenblüte, ein bisschen nach Jasmin, roch nach den Kräutern, in die wir uns betteten,
ich ließ Zitronenbäume wachsen, und an der Granatapfelfrucht und den Trauben labten wir uns, ein Marmorbrunnen löschte unseren Durst, Wasserlilien zierten den Teich, über den Libellen flogen, eine Rosenhecke schützte vor Blicken, keine Blüte welkte, und unter dem Schutz steinerner Götter wollte ich im Kosmos deiner Umarmung weilen.

Künftige Ruinen, liebster Joe, die mir das Grau der Stadt preisgibt, das Skelett einer Kultur, ich kann es mit all meinen Sinnen spüren, wie ich es schon immer spürte, wenn ich einmal die Augen aufmachte und nicht tat, als wäre ich blind für den Dreck, der Menschheit heißt, mich eingeschlossen, mich und

meine Dekadenz, die ich mir züchtete, gepaart mit einer Portion *nostalgie de la boue*, dieser anstößigen Begierde nach Schmutz,
ich suche die unappetitliche Gier nach Leben in seiner primitivsten Form, dem Fleisch, bin den anderen Überzüchteten gleich, bin Menschenfresserin, kann es sein, wenn man mich lässt, habe auch ein Inneres, das unanständig ist, das überraschen kann,
Helligkeitsausbruch,
für den Moment strahlend wie eine ganze Galaxie,
kosten will ich von allem, was sich mir in den Weg legte, was außerhalb des Himmels ist, von den Wirklichkeiten, die nicht erschreckend genug waren, mussten immer noch betont werden, verfeinert und verziert, glasiert wie ein Stück Torte, das geil und ranzig auf der Zunge liegt,
bist du auch gekommen, Joe?,
nein?,
noch nicht?,
Wolkenkratzer, Bürogebäude, Einkaufszentren, indem ich diese Orte benenne, vernichte ich sie, die Welt ist ein *darkroom*, in dem nichts und nicht einmal das Nichts gedeihen kann,
kein Paradies, kein verzauberter Garten,
das neue Eden einer Penetration,

denn bald erstirbt auch das Lächeln, mit dem mich die Ewigkeit gebrandmarkt hat, zieht sich ins Schneckenhaus zurück, das auch zerfallen wird, hier ein paar Tote, dort ein paar Tote, gerichtet wird doch immer irgendwer, das war schon immer so, und fraglich ist, ob Zukunft Gegenteiliges berichten wird,
ich sag's dir dann,
Joe, wie geht's den Meisen?, lässt du sie hungern?, hat sie der Regen weggespült?, Regen, von dem du schreibst, er komme von oben und von unten zur gleichen Zeit, dass er eine schlammige Konsistenz hat, dass er die Fassaden blutend färbt,
verzeih mein Gesehntes, es lenkt mich ab,
lenkt meinen Blick von der roten Tür, die mir verschlossen bleibt,
warte,
jetzt öffnet sie sich,
ich höre seine Worte, ich im ewigen Feuer, kämpfe und verzehre mich, ich höre das Geschrei der Menge, die spürbare Erregung, die in den Stimmen schwingt, in den Straßen ein Gedränge, das Spektakel naht, Rauch, der zäh in den Himmel steigt, nimmt die Luft zum Atmen, nein, brennen sehe ich ihn nicht, ich höre Schreie, die der Menge laut und die des Nolaners, die alles andere übertönt,

Schlange, sagt er, du willst fliehen und kannst nicht, du willst zurück zu deinem Schlupfloch, es ist zerstört, du rufst die eigenen Kräfte, sie sind erloschen,
nein, brennen sah ich ihn nicht,
man erzählte mir später, er soll, bevor die Flammen an seinem Leib züngelten, den Blick vom Kreuz abgewandt haben, er hat das Kreuz verspottet, sagte man mir,
später sagte man viel,
der Geruch des verbrannten Fleisches weckt Übelkeit in meinem Körper, auch die Lust, die die Gesichter des Pöbels verzerrt, nur einer senkt mit mir den Blick, ein junger Mann, ich kenne ihn, buhlte zaghaft um die Gunst des Vaters, ich gehe, muss in eine Stille gehen, auch er reißt sich aus der Menge los, er folgt mir bis in einen Hinterhof, Gewächs, Gestrüpp, es kann mich nicht verstecken, sein Blick trifft mich, seine Hände halten mich fest, zerreißen mein Kleid, ich schlage um mich, ich schreie ungehört,

künftige Ruinen, Joe, in die ich mich danach zurückzog, ich grenzte mich ein, in einen Traum, dann in einen traumlosen Schlaf, aus dem ich in ein neues Leben hinein erwachte, einfach so, befreit von Raum und Zeit,

damals, Joe, die Stadt im Taumel eines Heiligen Jahres, deren Gassen mit jedem gehörten und ungehörten Schrei enger wurden, deren Häuser näher zueinander rückten, deren Schmutz und Unrat noch schmutziger geworden waren, da half kein Aufputz, auch kein Schmuck der Selbstbeweihräucherung, und das Damals wiederholte sich, wiederholt sich immer, einfach so, nur ich war zu einer anderen geworden, ich hatte die Welt in dieser Wiederholung der Ereignisse erkannt, in ihrem Menschsein,
woran denkst du?, fragt Inès,
an deine Unschuld, sage ich, an deine Unschuldsvermutung, die als Gewitterwolke über deinem gelockten Kopf schwebt.

Endlich ist Inès gegangen, und ich darf mit dir, mein Captain, schweigen, darf an deiner Hölle schnuppern, ist kein Schwefel, der in meine Nase dringt, ist Finsternis, ist Schweigen, Staub, Schlamm und Gewürm, Papier zerbrochen, Glas zerrissen, Tiberwasser in sandigen Tropfen verweht, Staub zertreten, und das Menschsein in das letzte existierende Gemälde genäht,
zuckst du?, regt sich etwas in deinem Inneren, mein Captain?, bevor sie ging, gab ich Inès meine Hölle

mit auf den Weg, einen Teufel als Drache getarnt, der sich in das Gewand eines Schmetterlings kleidete, Illusion ist die willkommene Ablenkung von der Wirklichkeit, Sehnsucht ihr Ausdruck, ich sehnte mich nach Liebe, so sehr, dass ich mich selbst vergaß, und alles um mich herum,
die nahende Kriegswirklichkeit,
den baldigen Untergang,
ich hatte leichtes Spiel, ich würde überleben,
dabei wuchs ich in dem Gewissen auf, dass ich nur ein Leben habe, Leben Veränderung ist und unberechenbar, dass der Tod allgegenwärtig, auch Hass, Gewalt und Kriege, denn Grausamkeit hat dieses menschliche Herz, schrieb einst ein Dichter, und Eifersucht das menschliche Gesicht,
und mein Vater lehrte mich, dass es aber auch Schönheit gibt, dass sie sich manchmal in den kleinsten Dingen verbirgt, in den beiläufig wirkenden, doch bewussten Gesten eines Miteinanders, Vater, der Mutter den ganzen Sommer über Wiesenblumen in ihren Haarkranz steckte, Mutter, die Vater alles verzieh,

ich gab mich hin, entschied ich, gab mich auf, Luigi sagte und ich tat, es war mein freier Wille,
es braucht doch immer dieses Opfer, damit eine neue

Welt entsteht, der Stier in der Höhle, ein Phönix, der sich selbst verbrennt, eine Eva, die an verbotenen Früchten nascht, süß und köstlich schmeckten seine Küsse, süß und köstlich jeder Schlag,
verschwende mich,
nimm mich als gegeben hin,
reiß mich in Stücke, Geliebter,
versuch es doch,
dein Blick kann mir nichts Böses wollen.

Ich bin unvollständig, ich sehne mich nach dem Paradies dieser Dunkelheit, dem Urknall, ich möchte in der Zeit zurückgehen, Joe, luftdichtverschlossen, möchte, dass sich die hellen Wände des Schiffes in das Schwarz meiner Erinnerungen färben, ich möchte mich dafür entschieden haben,
doch je dunkler die Erinnerung, desto gefräßiger der Drache, ich höre ihn schmatzen, dann nach seinem opulenten Mahl befriedigt stöhnen, der Drache frisst auch unseren Captain auf, verschlingt die Zitronenfalter, die ich ihm in meinen Träumen schicke,

auch im verzauberten Garten schwirrten sie, trieben von einer offenen Blüte zur nächsten, Luigi sah sie nicht, sah bloß die Spinnennetze der Zeit, die sich gegen uns verschworen hatten, sah auch nicht den Morgentau, der sich in ihnen verfangen hielt,

ich möchte, Joe, aus den kleinen Welten gehen,
mondes valises, Kofferwelten, wie es Kofferwörter gibt, zusammengesetzt, verschmolzen, einander sich verschluckend,
ich möchte endlich offene Augen für das Ganze haben, für den Wind und für die Stille,
wir, Liebster, begegneten uns in den uns eigenen jeweiligen Abhängigkeitsbegehren, setzten sich rasch zusammen, überlagerten einander, bequem war es, Tisch und Bett zu teilen, diese Harmonie und unsere Liebe, angenehm belanglos wie ein dahingesagtes Gebet, erfüllend, wenn man daran glaubt, Glauben habe ich keinen mehr, ging in den Flammen auf, mit des Nolaners letztem Schrei,
Joe, der Alltag lebte sich so gut mit dir, lebte sich zum ersten Mal für mich, ich vermisse deine vom Schlaf ganztägig umrahmten Augen, dein struppiges Haar, morgens steht es in alle Richtungen und legt sich bis zum Abend nicht, ich vermisse, dass ich neben jemandem aufwachen kann, ich vermisse dich, doch ich habe mich verlaufen, nicht nur in den Gassen, die ich erkunden wollte, habe mich im Labyrinth verloren, das Welt heißt,

andere Farben, Joe, die dir und mir wichtig sind, die wir seit unserer Kindheit mit uns tragen, ich mag blau, mag, dass mich blau, denke ich daran, weder an den Himmel noch an einen Ozean erinnert, blau erinnert mich nicht, an nichts, an niemanden, lüge ich, denke nicht an mein zerrissenes Kleid, nicht an das Vergissmeinnicht, das mir Luigi pflückte, und du bist den Erdtönen zugetan, erdentief, so würde ich die Farbe deiner Haut beschreiben, wenn Sommersonne sie gestreichelt hat,

empfindlich ist sie, sagtest du, als ich dich raus aus der Stadt an eine Küste locken wollte, die keine Farbe hatte, Hauptsache an eine Küste, wer weiß, vielleicht hätte ich dir dort von mir erzählt?, von einem Kristallmeer, das mit mir verschmolzen war,

fern ist sie, die farblose Stadt mit den aufgeregten Meisen, so fern bist auch du mir in den letzten Wochen geworden, fern ist mir alles geworden, was nicht in meinen neuen schmalen Alltag passt, gezielte Wege, gezielte Gedanken, Blicke weg von der Sonne, hin auf die gezeichnete Stadt, an den Mauern, an Häusern, auf Garagentoren versteckte Botschaften,

hier gehöre ich hin, und dennoch bin ich verloren, verlaufen habe ich mich.

All die Bilder, als wäre meine Geschichte in ihnen konserviert, bewegen sich sprunghaft von einer Wand zur nächsten, auch mit meiner Fantasie bemale ich mir kahle Stellen, ich wünschte, sie könnte grenzenlos sein, Haken schlägt sie, tupft in einen Topf mit weißer Farbe, dann in einen Topf mit schwarzer, malt sich ein Schachbrett, die Figuren, schiebt sie über das Brett, alles verwischt, ist eins und fern jeglicher Struktur,
wenn Strukturen schwinden, sagte ich, beginnt der Widerstand,
wenn der Widerstand beginnt, sagte Luigi, hast du deine Grenzen überschritten,
weit, sagte ich, lasse ich mit mir gehen,
Luigi lächelte, kaltes Lächeln, ich hätte es wissen sollen, seine Hand immer noch in meinem Schritt, stieß in mich, stieß schmerzhaft tief,
Grenze, sagte er, ist ein Wort, das du jeden Tag neu denken musst,
ich lasse mich nicht blenden, sagte ich,
er nahm seine Hand aus mir, legte sie auf seinen Schoß und lehnte sich zurück, sagte, vielleicht blicke ich in einen Spiegel, wenn ich dich ansehe, vielleicht täuschst du mich, vielleicht bist du es, die mich verblendet, mich verhexen will mit ihrer Hingabe, mit diesem Wunsch, sich hingeben zu wollen,

vielleicht, sagte ich, vielleicht,
Trotz hatte sich in meine Stimme verirrt, den ich augenblicklich bedauerte,
auch das Bedauern ist eine Lüge, sagte er, blickte in seinen Raum, kleiner war er geworden, er mit ihm verschmolzen,
aber das Bedauern, wenn es lügt,
er hielt inne,
ist Poesie,
ich musste lachen, konnte nicht anders, auch Luigi lachte, sagte im Lachen, du wirst sehen, so ist es, Lüge ist Poesie und Poesie ist Lüge, und Bedauern spielt einfach mit, nicht geladener Festtagsgast,
im düsteren Theater all unserer Leidenschaften, sagte ich,
der Vorhang fällt, sagte er,
kein letzter Satz, sagte ich,
nein, kein letzter Satz.

Ein Zischen von außerhalb der Schiffshülle dringt in den Raum, und mit dem Geräusch fließt sichtbar Energie durch den Körper des Captains, seine Muskeln beginnen zu zucken, auch seine Lider, es passiert, sage ich, du wirst erwachen, ich wusste, du lässt uns nicht im Stich,

er wird erwachen, das sage ich Raul Minuten später mittels einer Sprachnachricht, die ich von meinem Quartier aus zu ihm in den Maschinenraum schicke,
ein dumpfes Pochen, dann Rauls Stimme, flüstert,
gut, das ist gut,
dann kraftvoller, kannst du zu mir kommen?,

ich stehe vor dem Eingang des Maschinenraums, ein Bereich, den ich nie zuvor betreten habe, eine künstliche Dämmerung liegt in dem Gang, der vom oberen Bereich des Schiffes in einer Schräge hierher führt, zunehmende Dämmerung, an die sich die an Helligkeit geschulten Augen erst gewöhnen müssen, ich warte, bevor ich Raul um Einlass bitte, tauche in der Abwesenheit von Licht, erst dann lasse ich die Tür sich öffnen,
Raul steht in Dunkelheit, manchmal wird sie von grünem Licht durchzuckt,
komm mit, sagt er,
ich folge ihm, winde mich durch Rohre und Schläuche, übereinander laufen sie, einander querend, waagrecht und senkrecht, Raul ist eins mit ihnen, stößt nirgends an, während ich sie von mir drücken muss, mich verheddere und Angst habe zu stolpern,
man gewöhnt sich an die Dunkelheit, sagt Raul,

ich weiß, sage ich,
den Rest des Weges schweigen wir, und dort, wo der Irrgarten aus Metall und Kunststoff endet, halten wir, das grüne Licht pulsiert, erst in diesem Licht erkenne ich, wie schmal Raul geworden ist, nur noch Haut, die sich über seine Knochen spannt, tiefe Schatten, als wären sie Wunden in seinem Gesicht,
die Sanftheit seines Ausdrucks schwindet,
er sagt, ich wollte zu den Sternen, wollte einige von ihnen hinter mir lassen, wollte sehen, was dahinter ist, dahinter, du verstehst, vielleicht ist nichts dahinter, auch das habe ich mir gedacht, und trotzdem,
er legt sich die Worte zurecht, legt sie mir zurecht,
ich weiß nichts mehr aus meiner Kindheit, außer dass ich diesen einen Wunsch hatte, zu den Sternen,
zu den Sternen, wiederhole ich, denke, dass sich meine Sterne immer auf der Erde versteckten,
in Ozeanen versunken,
unter Ruinen begraben,
in einem verzauberten Garten verblüht,
Raul hustet, mit der Welt, Eva, ist es zu Ende, deiner und auch meiner Erde, ich sehe es dir an, du musst nicht sagen, dass es keine Nachrichten mehr gibt, ich weiß es, spüre es, weil ich nichts mehr spüre,
mein Atem stockt,

wir müssen aufpassen, sagt Raul, auf uns, auf einander, das Schiff spürt es, wenn wir es nicht mehr tun,
der Drache spürt es, denke ich und schöpfe neuen Atem, da draußen und da drinnen, sage ich und zeige weg von mir, dann auf mein Herz, herrscht Anarchie, auch in dir,
du täuscht dich, sagt Raul, in mir herrscht Ordnung, ohne diese letzte Ordnung, Eva, gäbe es uns nicht mehr, er senkt den Blick, sagt leise, das hätte ich nicht sagen sollen, entschuldige,
sagt es nicht mir, sagt es dem Schiff, und das Licht antwortet mit einem aufgeregten Flackern,
auch Raul hat begriffen, dass wir auf einer Höllenfahrt sind,
wir sind im Nirgendwo, die Sterne haben keine Namen mehr.

Ich möchte dir, nur dir, etwas zeigen, sagt Raul und greift nach meiner Hand, aber nicht erschrecken,
gut, sage ich überrascht,
das Flackern markiert den Weg,
die Schläuche machen unseren Körpern Platz,
wir eilen, beinahe rennen wir,
mir ist, als gebe der Boden unseren Schritten nach,
komm, komm, sagt Raul, schneller,

treibt mich an, treibt sich an, ohne Ziel, so scheint es, dennoch in Richtung Ewigkeit,
hier ist es, sagt er, als wir in einem kleinen Raum zum Stehen kommen, atemlos bin ich, muss meine Augen schließen, nur kurz, und halte meine Brust,
schau doch, sagt er, sind sie nicht ein Wunder?,
ich öffne die Augen, sehe eine Decke, die seine Schlafstätte ist, in der Mitte des Raumes, sonst nichts,
sieh doch, sagt Raul, bald wird das Wunder schlüpfen,
ich lasse meinen Blick über die Wände streifen, voll sind sie mit Kokons, schmale braune Hüllen, ich nähere mich, trete nah an eine Wand heran, Leben wächst in ihnen, in jeder einzelnen Verpuppung ein Schmetterling,
zuerst starben die Glühwürmchen, dann die Bienen, Jahrzehnte später die Schmetterlinge, wieder Jahre später das letzte Insekt, starb die Natur, verstarb sich zu einer Künstlichkeit,
hochgezüchtet,
seelenlos,
ein Rohstoff, dem es an Schönheit und an Freiheit mangelt,
wie?, frage ich, aber wie?,
Raul zuckt mit den Schultern,
ich sagte doch, es ist ein Wunder,

die unberechenbare Bahn des Schmetterlings, sagte mein Vater, angespornt durch diesen Willen, die Welt zu erforschen, sie weiter und größer zu machen,
ich wusste, dass er gelogen hatte, wusste, dass er mir bloß eine Geschichte erzählte, eine von vielen Geschichten, die in ihm wuchsen, Entdeckerseele, ein Mensch im Zeichen der neuen Welt, die sich jahrhundertelang über eine starre Ordnung gelegt hatte, sah über vermeintliche Begrenzungen hinaus, sah Möglichkeiten, sah, dass alles miteinander verknüpft, alles eins war, eine große Einheit, in der jeder Einzelne seinen unverwechselbaren Platz hatte, seine Bestimmung aus sich heraus,
oft fragte ich mich, was mit meinem Vater passiert war, nachdem ich in einen traumlosen Schlaf verschwunden war, in den Beginn der Unsterblichkeit, niemals wagte ich, eine Antwort zu formulieren, ich habe nach seinem Grab gesucht, es nicht gefunden, nichts blieb,
ob ich unsere Reise überlebe, sagt Raul, ist nicht von Belang, aber sie, Eva, müssen fliegen, müssen leben dürfen.

Ich fürchtete, den Weg zurück zu Luigi nicht mehr zu finden, zu viele verwinkelte Gassen war er mit mir gegangen, zu unachtsam war ich ihm gefolgt,

ein Labyrinth, das dieses Rom werden kann,
kein Ort ist jemals gleich, ist in stetiger Verwandlung,
und schreitet der Tag voran, wird es zu einer anderen Stadt, wieder und wieder, ein Geheimnis, das nicht offenbart werden will, dann, wenn die Wäscheleinen des Tages abgenommen sind und die Nacht ihren seidenen Stoff über die Dächer und Kuppeln wirft,
still war es im Haus der Signora, nur ihre Verachtung sprach zu mir, ihre Eifersucht vergiftete mich, ich verstand sie, obwohl ich über ihren Ursprung nichts wusste, nichts wissen wollte in den Momenten der ersten Verliebtheit,
ich liebte gerne,
des Gefangenseins im Schmetterlingsnetz, das Luigi nach mir ausgeworfen hatte,
ich mied es, auf die Signora zu treffen, mied die Küche und den Duft des Orangenlikörs, ging ziellos durch die Stadt, oft war es, dass ich zu jener Ecke kam, an der Luigi auf mich gewartet hatte, oft war es, dass ich zum Himmel blickte,
kein Drache war zu sehen, auch kein Schmetterling,
zu gerne hätte ich die Signora gefragt, ob sie Nachricht von Luigi hatte, zu gerne hätte ich das Porzellangeschirr auf dem Küchentisch gesehen,
es danach zerbrochen,

tagelang nichts, doch dann eines Vormittags, ich lag im Bett, hatte den Himmelsabschnitt vor meinem Fenster unter Beobachtung, läutete das Telefon, ich vernahm das Klingeln des Apparats aus dem Zimmer der Signora, dumpf hallte es im Treppenhaus, etwas später klopfte es an meiner Tür,
heute Nacht, sagte sie, will er dich wiedersehen,
ich wusste, ich würde den Weg finden, zurück in sein Stillleben, ich würde hinter seine Oberfläche sehen, weiter über meine Grenzen gehen, die er mir nahm.

Süßer Wein verweilt im bitteren Nachgeschmack,
tote Welt, der wir mit unserem lächerlichen Tun ein bisschen Lebensatem hauchen wollen,
sagt der Drache, sage ich,
der Marienstern zeigt mir mit jeder seiner Spitzen die Namen und Gesichter, die sich in mich schrieben,
sich überlagernde Welten,
ich versuchte mich in der Revolution, in dieser Auslöschung all dessen, was war, die schöne Welt, in der es Glühwürmchen gab, in der ich meinen Garten pflanzte, hegte ihn, ließ Liebe gedeihen und das Geheimnis unserer Leidenschaft wachsen,
du bist meine Nemesis, sagte Luigi, der Teil meines Selbst, der fehlt,

hochgezüchtet, du, Luigi, sagte ich, beschützt mich mit deiner Welt der Täuschung, deiner Inszenierung des Selbst, die dich dann doch zu einem Menschen macht,
wie du und ich?,
er nahm den Blick von mir,
ich sagte, wir überschreiten einander,
ich sagte, dass ein Mensch für einen anderen Menschen immer eine Bedrohung ist,
zurechtgestutzt,
ich sagte, es gehört zu einer Wirklichkeit, dass man sie überhöht,
was habe ich gesucht, als ich wieder und wieder an deine Tür klopfte?, was hast du gesucht, als du mich hinter dein Stillleben blicken ließest?,
Todesengel Nemesis, Göttin des gerechten Zorns, Bestrafende der Selbstüberschätzung, bestrafte den Narziss, der abseits des Spiegels andere zugrunde gerichtet hatte,
ich hätte es wissen sollen,
du, mein Narziss, kniend bei der Quelle, tief im Wald, den kein Lichtstrahl trifft, dem es an mythischem Beiwerk mangelt, nie war ich dein Spiegel, war das Wasser, mit dem du deinen Durst zu löschen suchtest,

stoisch saß die Signora in der Küche, klopfte mit den angespitzten Nägeln auf den Tisch, ließ Zeit vergehen, ihre Lebenszeit, während draußen, nur einen Schritt vor die Haustür wäre es gewesen, ein Leben hätte warten können, saß sie am Likör nippend in ihrer klein gewordenen Welt,

ich sah ihr an, dass es ihr schwerfiel, am Leben zu sein, zu einer Hülle war sie verkommen, sah es an ihrer Körperhaltung und der vor sich hergetragenen Gleichgültigkeit, sie wollte tot sein, dachte ich, weil sie Angst vor dem Leben hatte, Angst vor der Angst, weil eine Angst vermutlich, die einmal ihr Sein beherrscht hatte, so tief in ihr nistete, nie, so nahm ich an, würde sie sie losbekommen, Angst vor ihrem Inneren, vor einer Außenwelt, die sie nach Jahren der Einsamkeit sich hätte zurückerobern müssen,

sie sah mich an, schüttelte kaum merklich den Kopf, bleib nicht dort, wo man dich nicht haben will, sagte sie, dann stand sie auf, ihre Gestalt verdeckte das Licht, das sie, wie ich wusste, auf mich wartend, angelassen hatte, ihr großer, in den Hüften breiter werdender Körper schob sich durch den Raum und auf mich zu, zurückweichen wollte ich, blieb doch standhaft,

als sie vor mir stand, lächelte sie, schloss die Augen, roch an mir, in einem tiefen Atemzug nahm sie Luigis

Geruch in sich auf, seufzte, und nach einer Weile sagte sie, jetzt verschwinde, ich kann nichts mehr für dich tun,

unmissverständlich hatte sie mich weggeschickt, sodass Widerworte, die ausschließlich eine mich selbst täuschende Rechtfertigung gewesen wären, fehlten, auf mein Zimmer geschickt, in das ich mich verkroch, gedankenverloren riss ich an den Fransen des Lampenschirms, im Treppenhaus erklang Musik.

Achtspitzige Erinnerungen, Dämonen, eingeschlossen in einem Kokon, schlüpfen, durch die Hülle, die brechen wird, kannst du ihre Fratzen sehen, mit ihren Klauen reißen sie ihn auf, zerkratzen ihn, indem wir uns verändern, verändert sich das Schiff,

hörst du, Inès, hör auf, dich zu verändern, verschließe dich nicht, hab keine Angst vor dem Drachen, wenn wir es nicht wollen, tut er uns nichts, doch sie hört nicht, kauert in einer Ecke ihres Dschungels, Blätter haben sich um ihren Körper gelegt, als wollten sie sie beschützen, sie hält die Arme um die angewinkelten Knie verschränkt, wippt mechanisch vor, zurück,

[illegible]ès, was ist mit dir?, ist doch nur eines dieser Spekta-

k[illegible]äuschung ist es, ein Zaubertrick,

nei[illegible]istert Inès, nein, nein, ihr Mund bleibt offen,

ich sinke neben ihr zu Boden, rücke nah an sie heran,
soll ich dir eine Geschichte erzählen?, frage ich,
das mechanische Wippen bleibt, ihr Blick ist seelenlos, leer,
lass mich dir eine Geschichte erzählen, lass mich dir all die Tricks enttarnen, Inès,
Eva, ich will nicht sterben,
ich streiche ihr über die Wange, ich weiß, meine Scheue, ich weiß,
zitternd lösen sich die Blätter von ihrer Haut, sie zeigt durch ihren Dschungel hindurch zum Ende des Raumes, zeigt hinter das Verwachsene, in allen Farben Blühende, hinter die Künstlichkeit,
ich stehe auf, ich weiß, wohin ich gehen muss, spüre, was es ist, was hinter dem Dschungel wartet, den Orchideen, den Zuckerbüschen, ich schmiege mich an den Christrosen vorbei, an den Kirschblüten, an Kakteen, die bereits knospen, dränge mich durch dichter werdendes Geäst, dahinter wartet eine Tür, sie steht offen, sollte sie nicht, sollte verschlossen sein,
es ist ein trübes Licht, das den Raum zeichnet, das Gestell in seiner Mitte, dieses Skelett, das unsere Fracht in sich trägt, zögerlich nähere ich mich ihm, aus den schmalen Behältern, die geöffnet sind, steigt Dampf auf, der einen beißenden Geruch verströmt,

sollten nicht offen sein,
nicht verfaulen,
sollten, haben wir unser Ziel erreicht, der Menschheit neues Leben schenken.

Finsternis und Licht spielen Dialektik, spielen mit uns, nein, gegen uns, wir sind das Damenopfer in einer unsterblichen Partie, ich kann nicht mehr, kann diese Verantwortung nicht mehr tragen, einzelne Teile nicht mehr dieses Ganze werden lassen, kein Garten gedeiht, nur weil man es möchte, kein Schmetterling wird schlüpfen, weil man es sich wünscht,
die Hölle wird zu einer Selbstverständlichkeit, unsere Hybris wird der Countdown für unser Scheitern sein, diese Höllenfahrt zu einem Alltagsgeschehen, hilf mir, mein Captain, die Welt kann nicht untergehen, darf nicht, ging sie nie, ist ein Weltanfang, immer wieder, das Emporsteigen aus der Dunkelheit in eine neue Art, die Welt zu sehen, zu spüren, zu erfahren, was Tatsache ist, muss nicht wahrhaftig sein, rote Tür, verzauberter Garten, alles da, doch nie gewesen, ein Ozean der Erinnerung ist es, der meine Träume schluckt,
immer wieder nahm ich Abschied, war nie ein Neuanfang, war ein Einschnitt, eine tiefe Kerbe, die ich in

meinen Körper ritzte, ausgerissenes Vergissmeinnicht, das ich trocknen ließ, ein Stück Himmel, ein Stück Kleid, der Duft des Sommers, der reifen Früchte des Feigenbaums, wie viele Schiffe haben ihren Stern verloren?,
die Stimmen flüstern, nicht nur nachts, und ihr Flüstern raut meine Seele auf, Seele ist das Löschpapier, das Tinte in sich saugt, bis die Feder ausgetrocknet ist, Seele musste ich mir hart erkämpfen, seelenlos war die Zeit geworden, in die ich hineingeboren wurde, eine Komposition, aalglatt, mehr nicht,
mein Vater war kein Heiliger, trotz seines luziden Geistes, heliotrop wie die Denker und Erneuerer, die er so schätzte, er war dem Würfelspiel verfallen, häufte Schulden an, trank und hurte, wie es gang und gäbe war,
die Seele ist das jeweils im Moment Abwesende, ist die Weitläufigkeit eines utopischen Niemandslands, ich werde das Abwesende zurücklassen, irgendwo an einer Mauer, irgendwo in einem Relief,
dein Körper zuckt, spürst du sie, die neue Lebensenergie?, das triebhafte Leben, das Animalische, das um jeden Preis überleben will,
will zurück zu dir,
will vielleicht ein erstes Mal in dich,

ist Teil von uns, die wir uns noch Menschen nennen dürfen, Teil dieser Einheit, die wir mit dem Kosmos sind, Himmel und Erde, auch Hölle, niemand kann in die Sonne schauen, man schaut nur ihren Schatten, das sagte der Nolaner einst, sagte es auf erzwungener Wanderschaft, bevor er brennen musste, vorausschauend sprach er das Prinzip der Unendlichkeit aus, andere Welten, fern der Erde, die er sich in seinen Schriften ersann, an Sterne glaubte er, auf denen Leben zu finden wäre, an Möglichkeiten, die zu Wirklichkeiten werden könnten, wie wir, nicht wahr?, wie diese letzte Hoffnung, die in uns schlummert,

wir sind der Spiegel des Alls, zu dem wir aufbrachen, vor Monaten, vor Jahren, ich weiß es nicht, nicht mehr, nein, nicht jedem leuchtet dieses helle Licht, nicht jedes Ziel ist dazu da, erreicht zu werden, so manch Schiff kenterte und so manch Seefahrer kam nie zurück, verschwand im Rachen seines Ungeheuers.

3

Das visuelle Bild der Welt ist nicht das einer Wirklichkeit, sondern das, was wir zu einer Wirklichkeit machen, ein evolutionär bestimmter Verarbeitungsprozess, Photonen rasen als Lichtstrahlen in alle Richtungen des Himmels, werden ins Gehirn geleitet und mit anderen, bereits vorhandenen Sinnesinformationen eins,

das Selbst im Kontext der Perspektive, untrennbar mit dem Raum vernetzt, in dem wir uns bewegen, der uns manchmal in die Knie zwingt und mit jedem Blick ändert, Ansichtssache, auch wir verändern uns,

Paris, Joe, das mich in seinem Ausnahmezustand gut gedeihen lässt, mit jedem fernen Schuss, mit jeder Kugel, die ich in mich schlinge, wachse ich, auch die Hitze gedeiht, legt sich abends köchelnd in den Asphalt,

hörst du?,

von Haut berührt, zischt es,

die Tauben fliegen tief in der Dämmerung, sind auf der Suche nach als Nahrung verwertbaren Abfallresten, das Sonar hält weiterhin die Ratten fern, irgendwo werden Worte gesprochen, manchmal nah, irgendwo öffnet sich ein Fenster, schließt sich eine Tür, irgendwo wird ein Gewehr entsichert,
lange bleibt es hell in dieser Jahreszeit, lange muss ich auf die Nacht warten, die dann, wenn der Morgen kommt, unruhigen Schlaf bringt,
ein Nachtschattengewächs blüht an einer Ranke im Vorhof, der mich abzäunt von den Geistern der Stadt, trägt eine Blüte, sieht aus, als käme sie von einem anderen Stern,
ich wünschte dich an meiner Seite, Joe, nur kurz, nur damit du siehst, einen flüchtigen Augenblick lang, wie anders ich leben kann, spürst, dass mein Leben zu einem dunklen Traum geworden ist, der nicht mit dem Erwachen spielt, war schon immer so, gab immer diese Leere in mir, die ich vor dir ausschüttete, du kamst nie damit zurecht, hast dir erlaubt, mir stattdessen Fülle zu unterstellen, Anstand, Werte, launige Gesprächigkeit,
verständnislose Blicke, als dich der Abgrund verschlang, der immer zwischen unseren Gedanken lag, kleines Ende einer abgegriffenen Welt,

irgendwo flackern Bilder in einem Zimmer,
irgendwo vergeht ein Stück Fleisch.

Auch wenn du es ausbreitetest wie eine Picknickdecke auf frisch gemähter Blumenwiese, mein Leben diente nie der Belustigung anderer, dieser Menschen, die ich streng unter Anführungszeichen setzte,
es waren meine Lebensdetails, die ich mit dir teilte, teilte, was ich teilen wollte und konnte, liebster Joe, dir erzählen musste, damit du mein Selbstverständnis begreifen konntest, in Fragmenten meine Geschichte, die anderen, diese Anführungszeichen, waren mir herzlich egal, wie mir die meisten Menschen egal sind, die nicht du sind, die mich nicht mit der Bedeutung des Vergangenen erfüllen, ich bin menschenscheu, genau genommen, den Großteil der Menschen verachte ich, ihre übertriebene Sorge um Banalitäten, ihre Bedürfnisse, die oberflächlich sind, das Harmlose macht mir die größte Angst, im arglosen Miteinander lauert das zukünftige Übel,
alles ganz einfach,
sei grob zu mir, abgründig, sei mir unlesbar, dann achte ich dich, sei der, der du bist, und doch ein anderer, und setze dich nicht selbst unter Anführungszeichen, nur weil du glaubst, damit den anderen zu

gefallen, deine Hilfsbereitschaft, selbst den Meisen gegenüber, widerte mich an,
dich widerte doch auch mein Egoismus an, er machte deine Seele brüchig, wenn ich sagte, dass es regnet, weil ich traurig bin, ich kann traurig sein, und meistens, wenn ich traurig bin, dann regnet es, ich mag diese Zufälle, denen ich Bedeutung geben kann, ich mag auch dich in deiner zum Schutzschild erhobenen Harmlosigkeit, Lamm, das dem Tod auf der Schlachtbank lächelt und ihm damit trotzt, Trotz und Trauer sind Vorstufen, die in das Verrückte führen, in das Ausleben des Gegensatzes, du bist mein Gegensatz, ohne den es kein Weiterkommen gäbe,
dennoch, diese Anführungszeichen kränkten mich mit ihren guten Ratschlägen, um wie viel effektiver sich ein Leben führen ließe, mein Leben, von dem du erzähltest, weil es ja scheinbar ein gemeinsames war, weil wir zusammen waren, was mein ist, ist auch dein, davon habe ich noch nie etwas gehalten,
hält doch in Wahrheit niemand aus, dieses ständige Teilen und Teilhabenlassen an allem, wirklich an allem, ich teile meine letzte Zigarette mit dir, teile Mahlzeiten, teile das Glas, aus dem ich Wasser trinke, aber mein Leben teile ich nicht mit dir, du hast mir meine Einsamkeit genommen, hast sie im

gleichen Atemzug verstärkt, und die anderen, geben wir ihnen keine Namen, sollen dorthin gehen, wo der Pfeffer wächst, ich war dort schon, in diesem großen, rauen Land der Farben, der Gerüche, und ich sah dort Pfeffer wachsen, zerrieb eine Schote zwischen meinen Fingern und kostete davon,
liebster Joe, verzeih, ich habe dich verletzt, und du wirst mir einmal nicht verzeihen, weil auch das Verzeihen seine Grenzen hat, auch in dir, weil du nicht anders können wirst, als dich im Schmerz zu verschließen, und Schmerz macht taub und blind und kalt allen anderen gegenüber, den Anführungszeichen, die du mit Butterblumen übermalst.

Überdosis Ich, das Stück Kuchen, das alle haben wollen, esst euch satt an mir, esst mich, bis ihr an mir erstickt, an dem geheuchelten Verständnis, das ich euch entgegenbringe, Zuckerschock,
ich rauche, ich trinke, maßlos zumeist, ich habe dieses Verlangen nach Stille in mir, nach Hingabe einem Selbst gegenüber, ich habe verstanden, was ich vor Jahrzehnten hätte verstehen sollen, das Verlieren, diesen letzten Seelenrest, wir verlieren immer, immer irgendetwas, das ist unsere Bestimmung, das ist die Essenz, die uns zu Schatten macht, mehr werden wir niemals

sein, nie mehr als ein transparenter Abdruck dessen, was uns bewegt in Wirklichkeit,
ich verschließe mich dem banalen Wort, jenen Begegnungen lächle ich, die die gesuchte Stille in sich tragen, alles will mir einerlei geworden sein, alles eins, Gegenwart, Erinnerung, Lebensaugenblicke einer Zukunft, und Geschichte, nicht nur meine, verleugne ich im Hinblick auf das, was noch kommen mag,
Ausgegrenztes, Ausgesetztes, bespuckt und geprügelt, das Andere als anders ausgewiesen, angewiesen, es möge der Schmutz bleiben, der es ist,
nicht bloß, was noch kommen mag, was da schon ist in dem prallen Mangel,
Gegenbild,
Leben bannt sich unter dem Gewölbe einer Metrostation,
Papier und Stoff als Behausung,
viel zu nah lebt man aneinander,
lebt nicht, überlebt,
überlebt nicht,
rechtfertigt sich, dass man überleben will.

Da wären wir wieder, Joe, an einem Anfang, die Flöhe, die im Haar des Riesen genistet hatten, brachten die menschliche Gattung hervor,

stell dir vor, Flöhe sind wir, nichts weiter als lästige Parasiten, wir saugen uns fest, saugen schamlos aus, woran wir uns festgesetzt haben, fett und immer fetter werden wir, bleiben dabei doch so leer, fette, leere Hüllen, die sich durch die Illusion des Alltäglichen mühen, den vollgepackten Einkaufswagen, dessen Produktpalettenklaviatur zwischen Selbstausbeutung und Maßlosigkeit rangiert, vor sich herschieben,
ruinöses Getue ist es,
was meinst du,?,
du bist dem ordentlichen Miteinander doch nicht abgeneigt, das uns seit Wochen trennt,
der Kosmos, dessen Staub wir sind, hat längst keine Ordnung mehr, aus ihr haben wir uns gebracht, geworfen in das Chaos, das mit jedem Tag unentwirrbarer wird,
Liebster, schau dir die Welt an, schau sie dir genau an, sie hat begonnen auseinanderzubrechen, und mit jedem verstreichenden Tag ein bisschen mehr, Ordnung und Moral wurden zu Kampfhähnen degradiert, die sich gegenseitig zerfleischen,
ein Sittenverfall einer anderen Art ist das, hat nichts mehr mit sexueller Ausschweifung gemein, dieser transgressiven Befreiung, auf Kosten anderer natürlich, jener, deren Credo Freiheit ist,

es schrieb einmal einer, dessen Weltsicht man versuchte einzukerkern, dass man in einer Gesellschaft, in der alles erlaubt ist, alles machen kann, in einer aber, in der nur eine Sache erlaubt ist, kann man nur diese eine Sache machen,
nur eine Sache,
Angst, das schreibe ich, ist das letzte Refugium, eine Spielwiese, in deren Rangordnung keine Unschuldsvermutung herrscht,
du sagtest, Angst ist die schlimmste Folter, der sich ein Mensch aussetzen kann, aus freien Stücken zieht sich der Mensch in seine Angst zurück,
deine Worte,
deine Angst,
du schreibst vom Regen, der manche Straßen zu einem Flussbett macht, und ich halte mit der unerträglichen Hitze dagegen, die das Ungeziefer lockt, aber nicht nur die Hitze wühlt in mir, es sind diese Blicke, argwöhnisch einerseits, andererseits erzählen sie den aufgestauten Hass,
ich verstehe Hass nicht, so wie ich Liebe nicht verstehe, einzig in der Überladenheit der Begriffe verstehe ich sie, in ihrer Opulenz und Selbstgefälligkeit, Hass ist dieser Egoismus, dem ich trotzen will, Liebe dieses ferne Land, das erst entdeckt, dann ausgebeutet werden will,

Angst ist irgendwo dazwischen, Angst ist das Erfahren einer kollektiven Gemütsverfassung,
Angst sitzt am Nebentisch, klammert sich an die Tischplatte, klammert maßlos fest, bis sie bricht, auch das Ungeziefer trägt die Angst von einer Ecke in eine nächste, es kriecht, wuselt, krabbelt, wühlt, wohin ich auch blicke, ich habe keine Angst, Joe, noch nicht, ich habe Ekel, und der Ekel wächst, wuselt, wühlt mit jedem Tag etwas Kommendes in mir auf, mir ekelt, Joe, vor den Erloschenen,
in einem Nebensatz schreibst du, dass du dich nicht bewegen kannst, aus der Wohnung herausbewegen, der Regen, schreibst du, lähmt, und mit einem Zwinkern nachgesetzt, dass jeder die Fußfesseln seiner Umstände trägt, darüber muss ich lachen, herzerfüllt, und für den Moment ist der Ekel weg und ich wieder befreit in meinen ungetrübten Sinnen zu Hause, ja, ich bin bei Sinnen, doch meine Sinne können nicht mehr fassen, was um mich herum passiert,
die Angst, die stumm und taub macht, nicht,
die Liebe, die kein Widerstand mehr ist, nicht,
den Hass nicht, der sich als Trauerflor über die Gesichter legt, schwarzer Balken der Zensur,
was meinst du, Joe?,
der Riese wäre besser nie geschlüpft.

Zunehmend höre ich den Drachen flüstern, ich fürchte ihn nicht, er ist Teil dieser mich umgebenden Welt geworden, die nicht gleichbedeutend mit Wirklichkeit ist, nicht mehr, den Glauben an die Wirklichkeit habe ich mir längst genommen, ist zerschellt wie Porzellan, die Welt zerstückelt, flüstert er, ich war es nicht, der den Spiegel, in dem sie sich allzu gerne zeigte, zerbrach, Fragmente, sie schweben, flüstert er, schwerelos im Raum, und Zeit spiegelt sich darin,
Zeit ist dieses Relikt, an das ich mich noch klammern mag, an irgendetwas muss man sich doch klammern, noch bin ich ich, habe einen Körper und in ihm meine Erinnerungen, Gewesenes ist nicht real, erwidere ich, nichts davon, und dann glaube ich, den Drachen lachen zu hören, es ist heiseres Lachen,
heiseres Lachen, mich verspottend, das Luigi mir erwiderte, als ich fragte, was zwischen ihm und der Signora gewesen war,
was ist passiert?, wiederholte ich zaghaft,
trocken lag mir die Frage seit Wochen in der Kehle und kein Räuspern half,
du glaubst, sagte er, du musst alles wissen, glaubst du, dass es nur dich gibt, dass sich alles um dich dreht, kleine Amicitia, dumme Amicitia, hast doch keine Ahnung von der Welt,

ich will verstehen, sagte ich,
keine Ahnung von der Dunkelheit, sagte er, stand auf und sein Körper wuchs über mich,
ich sagte, ich habe keine Angst,
er sagte, hättest du Angst, würde dich diese Angst eines Tages retten,
ich blicke durch die Luke, blicke in das Nichts, dessen Maul weit geöffnet ist, dessen Zunge lüstern an der Außenhülle leckt, im Nichts treiben die Splitter, in ihnen spiegelt sich wahrhaftig das, was einst dieses Ganze war, Erde, Geschichte, große Namen, bedeutende Ereignisse, Errungenschaften, im Dienste der Kunst, der Wissenschaft, Gräueltaten, Fehleinschätzungen, Durchtriebenheit,
ohnmächtig habe ich über die Jahrhunderte zugesehen, und tatsächlich, es ging mir immer nur um mich, mein Wohl, meine Liebe, meinen Hass,
Miststück, sagte Luigi, egoistisch, sagte er, unsere Amicitia abgewertet, war niemals auf Augenhöhe angedacht,
das Licht, als das wir die Sterne sehen, ist erloschen, Inès, und dieses Licht zeigt jene Spiegelteile, die je ein Stück Welt in sich gefangen haben, vergessene Geschichten sind das, nicht aufgeschrieben, nicht weitererzählt, verloren im Abbild vermeintlicher Bedeutung,

wie wir, Inès, du und ich und alles, was wir uns am Leben erhalten, es gibt keine Geschichten mehr, nur noch bedeutungsleere Information,
ich darf träumen, Inès, ich träume, also bin ich, und das, was war, speist meine Träume, gibt ihnen süßen Nektar, gibt ihnen Berechtigung, ich sauge mich am Nektar voll,
aber was ist mir dir?,
Inès, deine Seele hat nichts von der sanften Brüchigkeit des Todes, diesem Schleier, der mit dem Wind treibt und sich in einem Ast verfängt,
Anmut fehlt der Seele, die nicht träumen darf, die das Unreine und Abgründige nicht träumen darf, das Nackte und das, was unter dem Nacktsein liegt, Muskeln und Knochen, dann erst mit Fleisch bedeckt, sodass der Schatten Substanz bekommt, das Gespenst einen Körper,
eine Schicht düstere Erinnerungen hat sich über die strahlend hellen Wände des Raumschiffes gelegt, in seinen Körper, der nicht mehr unversehrt ist, dem seine Gliedmaßen fehlen, aufgefalteter Körper, bis zu seiner Verletzung hin,
wir,
wir sind die Verletzung, die nicht mehr heilt,
es ist doch immer ein unversehrter Körper, den man

sich denkt, denkt man an Körper, ist es kein verstümmelter, keiner, dem etwas Essenzielles fehlt, und fehlt das Essenzielle, blickt man rasch in eine andere Richtung, nur ein unversehrter Körper agiert im Seelenraum, kein von Leben oder Krieg verkrüppelter, kein entstellter, der nicht das Maß der Schönheit ist, Schönheit ist nicht wandelbar,
hörst du, meine Schöne?,
nein, Inès,
nein, hör mir nicht zu, hör in dein Inneres, versuche zu finden, was dir bereits verloren ging, Unversehrtheit,
was machen wir?, fragt sie,
wir?,
sie nickt, wärmt sich unter einer Decke auf, während ich das Schiff um Nahrung bitte,
du musst es doch wissen, insistiert sie,
nein, Inès, ich weiß es nicht,
ich stelle ihr eine Schüssel Brei hin, sage, iss, sage, und dann schläfst du, dann will ich, dass du dich schlafen legst, spinn dich ein in einen Kokon,
metamorphosis insectorum, sage ich und Inès kichert, weil sie nicht versteht,
versteht nicht diese Flüchtigkeit, die ich Dasein nenne.

Dasein, gefangen in einem Möbiusband, hat nur eine Kante, nur eine Seite, unmöglich ist es, zu entscheiden, was innen und was außen ist, hat kein deckungsgleiches Spiegelbild, das Schiff und wir, mein Captain, wir und dieses Schiff, das hektisch pulsierende Licht, das zaghafter werdende Summen, dein zuckender Körper, deine Verwandlung macht mir Angst,

lange hatte sich der Sommer in den kalendarischen Herbst gelegt, nicht loslassen wollend wärmte er die Nächte, versuchte, die unruhigen Gemüter zu besänftigen, gespielte Ausgelassenheit verblendete, an diesen lauen Abenden streifte ich durch die Stadt, streichelte mit dem Sonnenuntergang über Marmor, sein einstiger Glanz nur noch in Fragmenten gegenwärtig, die Teil von etwas Größerem gewesen waren, das Größere überall, in die anderen Gebäude hineingestohlen, die Palazzi ausstaffiert und eingekleidet mit Parischem Gestein,
was geschaffen ist, kann untergehen,
nicht wahr, Luigi?,
zwischen meinem Licht und deinem Schatten lag unsere Wahrheit tief in harter Erde begraben, die kein Werkzeug aufbrechen konnte, auch meine Nägel nicht, selbst wenn ich es angestrengt versuchte,

brachen ab, brachen auch die Knochen in meinen Fingern, und doch kratzte ich an deiner Haut und zerkratzte das Papier, das deine Tage festgehalten hatte,
nicht wahr, Luigi?,
falsches Bild voneinander, letztes Abendlicht, das sich in der schmutzigen Fensterscheibe spiegelte, gefangen in der *camera obscura*, so, dass sich unsere Körper nicht berührten,
nein, die Vorstellungskraft versagt, dieser Fluchtversuch vor der Realität, die siegessicher durch die Stadt marschiert, schreitet über die Via dell'Impero, eine Lage Schutt rücksichtslos über eine andere gelegt, ein Faltenwurf der Zeit, auch ich darin gefangen,
Amicitia, nimmst du die tausend Schnitte an?

Früher, mein Captain, in diesem ersten Leben, von dem ich dachte, es wäre das einzige, das es zu leben gälte, schlich ich mich in Lumpen gekleidet durch den Stein der Geschichte, schlich mich aus der Stadt auf das Weideland, Schäfer ruhten weltentrückt zwischen den Ruinen, täuschendes Arkadien,
Poetisierung einer Unmöglichkeit,
waren wir doch schon längst dem Untergang geweiht, dem Unschuldsende, die Götter gestürzt, die Hirten,

herbeigedichtet in eine Welt des schönen Scheins und des verklärten Daseins, waren in dieser Verzerrung der Wirklichkeit gefangen, gespiegelt war der Verfall, das Ende einer Gesellschaft, die sich zu nahe an die Sonne gewagt, sich dabei überzüchtet hatte,
ich sagte, nachdem Luigi für einen Moment eingenickt war, ich spüre deinen Dämon, manchmal versuche ich mich ihm mit einem Lächeln zu entziehen, ich sah Luigi an, zart berührte ihn mein Atem, führte ihn an einen Ort, an dem er nicht sein wollte, einen Ort mit Namen Nähe, du fürchtest diesen Ort, sagte ich leise, er macht dich verletzlich, und Verletzlichkeit hast du vor langer Zeit abgelegt, hast sie archiviert, eingerahmt vielleicht und mit verblassender Tinte beschriftet,
manchmal denke ich, dass auch du unsterblich bist, dass du es mir nur nicht sagen willst, so wie ich dir mein Geheimnis hüte, im Unausgesprochenen sind wir uns einig, zwei Opfer derselben Tat, zwei Täter, die im jeweils anderen das Opfer suchen, finden, gefunden haben, bevor wir einander begegnet sind, in Liebe nicht zueinander ausgerichtet,
entziehst dich mir, wenn ich mich nähere, ziehst mich an dich, gehe ich einen Schritt zurück,
was ist?,

du bist mir ein Rätsel in einem offenen Buch,
er lachte,
sag, Luigi, wie oft kann ein Engel fallen?,
wie oft?,
wie oft hängst du ihn an einen Haken, hoch hinauf, unter eine Dachschräge vielleicht, kleiner, leichter Engel, muss stillhalten, damit du ihn porträtieren kannst, nackt, bloßgestellt, wärst nicht der Erste, der das tut, malst ihn realitätsgetreu, holst ihn erst Stunden später herunter, steif ist er und hungrig, kalt ist ihm, reißt ihm dann die Federn seiner Flügel aus,
ein Schauspiel, im Kleinen wie im Großen, ist die Grausamkeit,
alles, was Flügel hat, kann nicht immer fliegen, darf nicht, will nicht, will, dass man ihm Körper und Flügel auseinandernimmt,
das Wesen und das Wesentliche beschmutzt,
das Fleischliche liegt auf dem dreckigen Tisch eines Anatomielabors,
versehrte, unförmige Masse,
im Nacktsein hört der Mensch auf, Mensch zu sein, im kunstvollen Faltenwurf der eigenen Haut, verdeckt nichts, er deckt auf, blättert Geschichte auseinander, entlarvt sie in ihrer Wiederholbarkeit, auch in ihren irritierenden Richtungswechseln,

ich bin in ein *Clinamen* hineingeboren, ein Hybrid, das diese Zeit war, kastrierte in seiner Ungeschliffenheit die Allmacht des Himmels, verzauberte, beschämte, provozierte Angst, gebar Götter und Göttinnen aus der Sterblichkeit, gebar die dunkle Materie, die uns nun durch den Weltraum führt.

Bedeutungslose Reflexionen über Raum, über Zeit, liebster Joe, damit sie vergeht und ich vielleicht mit ihr, noch habe ich mich mit der Unsterblichkeit nicht abgefunden,
ein Monster ist sie, das mir Böses will, mich prüft, erneut mit jedem drohenden Untergang eine schaurige Geschichte am Lagerfeuer erzählt, sitzt auf ewig und einen Tag in meinen Knochen, ich weiß, ich habe Zeit, nichts drängt in mir außer meinen Erinnerungen, kein Streben, meine Lebenszeit zu füllen, ich darf in den Tagen kramen, im selbst gewählten Müßiggang der Nacht, ich darf hoffen, glauben, lieben, oder nicht, wenn man liebt, verzehrt man,
wenn man glaubt, lässt man sich in die Irre führen,
und wenn man hofft?,
was dann?,
ein Luftzug streift meine Haut, eine Fledermaus quert meinen Blick, hier und jetzt zwinge ich mich

in eine Verweigerung, in ein Nichtspüren hinein, Verweigerung ist es, die einen Antikörper zur Gesellschaft zeugt, und diesen Beitrag, Joe, kann und will ich leisten, mein träger Körper treibt im Chaos, sonnt sich in seiner Hässlichkeit, die faulen Stellen weiten sich, das Endbehaftete, das mich umgibt, sich mit jeder Kugel, die abgefeuert wird, zuspitzt, mit jeder noch so kleinen Detonation zu Staub verpufft, dringt in mich, und Paris, sein Grau, das Licht, das es in Wände aus Silber wandelt, nötigt mich in die Unterwürfigkeit zurück,

ich kam, wenn er mich rief, ich ging, wenn er mich zurück in die Nacht schickte, ich fraß den Müll, den er mir vor die Füße warf, ich war verkleidet, schnürte mich freien Herzens in eine verletzliche Menschenhaut,

alles wiederholt sich, diese Stadt der Geister und der Aufdringlichkeit ihrer Geschichten bringt auch meine Geister ans Licht, allzu grelles Morgenlicht, mit dem sie mir den Blick verätzen wollen, Geister, von denen ich dir nie erzählte, waren ein Spiegel dessen, was sich in der Welt wirklich tat,

Blick gen Himmelblau,

ich bin kein guter Mensch, bin Täuschung, in mir ist diese andere Eva, ich nenne sie Steinskulptur mit

Zuckerguss, taut nicht auf, selbst in unbarmherzigster Hitze nicht,
nachtwandelnd,
tagträumend,
sprachlos bin ich den Untaten gegenüber, die sich, nur weil es sie gibt, in mein Fleisch schneiden, Joe, mein wunderbarer Joe, schutzlos bin ich in dieser Welt, die mir ein dunkler Traum geworden ist, den einen Schluck zu viel habe ich von ihr getrunken, meine Wahrnehmung ist verzerrt, das Bild im Taschenspiegel zeigt mir eine andere,
eine Gekränkte,
eines Morgens lag ein Päckchen vor meiner Tür im Haus der Signora, ein Geschenk, das sie mir in mein Bewusstsein legte, einen Taschenspiegel, alt und hübsch, wertvoll durch die Blicke, die in seinem Inneren aufbewahrt gewesen waren,
lange sah ich auf den Spiegel, ich wusste, öffnete ich ihn, was ich darin finden würde, fand getrocknete Blüten, leuchtend gelb wie kleine Sonnen, in welker Unsterblichkeit aneinandergereiht.

Vielleicht muss ich mich, zumindest eine Zeit lang, in und aus der Wirklichkeit verlieren, muss damit aufhören, dir schreibend ein Widerpart, eine Verbündete zu sein,

vielleicht muss ich die Moschusstraße meiden, jeden Blick auf den Marienstern, kein Schiff besteigen, mich schützen vor der tobenden See, gerne hätte ich mich verschlossen gehalten, gerne wäre ich nicht geschlüpft,
nachdem Mutter gestorben war, sah ich Schmetterlinge, sah die Kokons nebeneinander auf einem Stück morschen Holz, einem Galgen gleich, der kein Dach mehr trug, aus dem Haus war ich gelaufen, weg aus der Umarmung des Vaters, die ich nicht ertrug, von der Liebe, die so plötzlich eine andere war, verwandelt in etwas, was mir Angst einflößte,
ein Kokon brach auf, riss langsam auseinander, mit seinen Bewegungen atmete der Kokon, aus dem sich zaghaft Beine und Fühler streckten, und weiter riss die Hülle,
Flügel, die sich noch nicht spannten, dennoch flog der Schmetterling bereits davon,
wir sind eins, eine Materie, die sich im unermüdlichen Kreislauf von Schöpfen und Zerstören immer wieder aufs Neue zusammensetzt, wir sind die Sterne und das Meer, der Totenkäfer und der Himmelsfalter, voll Schönheit, voll Grausamkeit,
ein Wort, es tut nicht weh, Irritation.

Wach auf, sage ich, wach auf, diesmal lauter, und Jaques schreckt hoch, atmet hektisch, was ist?, was ist los?,
ich stehe nah an seinem Bett, frage über ihn hinwegblickend, habe ich dich aus süßen Träumen geweckt?,
er setzt sich auf, ich rieche, dass er schwitzt,
ist etwas passiert?, fragt er, gibt es Nachricht?,
nein,
was machst du hier?,
ich sehe ihn an, lege meinen Kopf zur Seite, sage, du wolltest doch Aufmerksamkeit,
Jaques sieht hinter mich, sucht vielleicht Abwesendes, von dem er träumte,
ich habe dich beobachtet, sage ich, ich habe gesehen, dass du geträumt hast,
es wäre besser, wenn du gehst, sagt er,
Unsicherheit, sage ich, steht dir nicht, dann setze ich mich auf ihn, ich spüre seinen Körper unter dem leichten Tuch, das ihn bedeckt, ich spüre seinen hektischen Atem, streiche über sein Gesicht, über den Schweiß auf seiner Stirn und seiner Wange, ich streiche über mein Gesicht, lege die Finger über meinen Mund, lecke sie ab,
was soll das, Eva?, sage ich, imitiere Jaques, was willst du,?, es wäre besser, wenn du gehst,

Jaques legt zaghaft seine Hand in meinen Nacken, will mich zu sich ziehen, will mich küssen, nein, Jaques, sage ich und drücke ihn von mir, nein, ich beuge mich zu ihm, meine Zunge legt sich an seine Wange, zieht darüber, kaum hörbar stöhnt er, seine Hand an meiner Hüfte will er mich erneut zu sich ziehen, nein, Jaques, flüstere ich, drücke die Hand von mir und mich von ihm weg,

mich in eine andere Richtung, in eine Morgenstimmung mit Raureif auf den Feldern, er taut durch die Berührung des Sonnenlichts,

wortlos verlasse ich sein Quartier,

wortlos antwortet mir der Gang, an manchen Stellen kann ich anstatt der Wand die Sterne sehen, glanzlose Punkte, nah und fern, die Schuppen des Drachens, er häutet sich, umrahmt von grellem Zucken,

Sterne, die vergangen sind,

jeder Blick ins Universum ist ein Blick auf Geschehenes, zurück in ein Paradies, das erst zum Paradies geworden ist, nachdem der Mensch aus ihm gefallen war,

Eva?, höre ich Rauls Stimme aus dem Maschinenraum, sie dringt in das Dämmerlicht in meinem Quartier, bist du da, Eva?,

ich schweige, atme aber hörbar ein und aus,

ein und aus, vorwärts und rückwärts, nichts und niemand sagt, dass Zeit nur vorwärts laufen kann,
ein Kokon ist aufgebrochen, sagt Raul, ein kleiner Riss, der sichtbar ist, noch bewegt sich der Schmetterling, vorwärts und rückwärts in der Zeit, in Richtung eines Anfangs, in Richtung eines Endes hin,
dann ist wieder Stille,
ich bin ein Gedächtnisopfer, denke ich und lache aus mir heraus, das grüne Licht antwortet mir mit einem sanften Flackern, ich muss an den Captain denken, ich kann nicht zu ihm, ich schmecke Jaques, schmecke seinen Geruch und seine Erregung, ich schließe die Augen, lege die Hand zwischen meine Beine und lasse sie dort ruhen.

Sie legte ihre Hand zwischen ihre Beine und ließ sie dort ruhen, schrieb er, notierte mich in seine Aufzeichnungen, sah zu mir, notierte weiter, dass mein Atem gleichmäßig war, dass ich zu den gelben Blüten geblickt hatte, zu den Unsterblichen, klammerte ein, dass diese Blume auf Korsika wuchs und manchmal für Parfüm verwendet wurde,
was schreibst du?,
frag nicht so dumm, das weißt du doch, dich, ich schreibe, sagte er, dass ich darauf warte, dass sich

deine Hand über dein Geschlecht bewegt, deine Finger deine Klitoris streicheln, ich schreibe, heute dringe ich nicht in sie ein, schreibe, bevor ich erneut Tinte ziehen muss, dass sie darüber enttäuscht sein wird, weil sie Enthaltsamkeit nicht versteht,
sag mir, was mir dein hübsches Köpfchen erzählen will, Amicitia,
warum schweigst du,
hast du Angst?, nein?,
du und ich leben in der falschen Zeit,
sie lacht ihre falsche Zärtlichkeit, schrieb er,
ich sagte, deine Souveränität ist ein Glashaus, das schon längst über dir zusammengebrochen ist, und jetzt schneidest du dich an den Splittern,
das ist gut, nur weiter so,
und die Splitter wachsen dir wie Stacheln aus dem Körper,
wenn du so weitermachst, brauche ich mehr Papier,
das Papier, sagte ich, hält sie nicht fest, es verschwendet deine Lebenszeit,
die Feder still, nur ihr Schatten kratzte über das Blatt,
ich sah ihn nicht mehr eingehüllt in seine Gedanken, so verschwunden aus dem gemeinsamen Raum, ich räusperte mich, sagte, entschuldige, ich bin zu weit gegangen,

mit einem Lächeln war er wieder bei mir, in dieser Zeit, der wir uns widersetzten, er sagte, trage weiter deine Maske, bleib dieses verwundete Tier.

Wach auf, wach auf!, höre ich das Echo meiner Stimme, die mich aus einem Traum holen will, nichts surrt, nichts pulsiert, ich darf den Traumbildern nachschmecken, die über meinen Schlaf wachten und nicht in mich drangen,
leg deinen Kopf an meine Brust, halt still, sei der Marmor, aus dem ich dich formen kann, eine Schicht Wachs soll deine Haut bedecken, ein festgezogenes Seil dich an mich schnüren, lass dich schlagen, bis deiner Seele keine falsche Träne mehr entkommt, mach die Augen auf,
meine Schmerzen, sagte ich, sie schmerzen dir,

die Augen offen, still seine Willkür fordernd veränderte sich im Dämmerlicht des Raumes all das Gegenständliche, alles zur gleichen Zeit, wohin mein Blick auch fiel, Lichtpartikel drangen Glühwürmchen gleich in das Dämmerlicht, die trockenen Blumen bekamen Wurzeln, schoben sich in das Holz der Kommode, streckten ihre Köpfe und öffneten ihre Blüten hin zum Licht, jedes Blatt Papier faltete

sich zu einem Schmetterling, und die Käfer drängten quirlig aus ihrer Rahmung,
nein, schließ deine Augen nicht,
das Bett, auf dem ich lag, sank tiefer, ich mit ihm, tauchte in sattes Grün einer Frühlingswiese, Grashalme schnitten in meine Haut, und der Tisch formte sich zu einem Brunnen, Wasser quoll über den Rand und füllte nach und nach das Zimmer, verschluckte es, verschlang uns, wir inmitten dieses Ozeans auf einem Schiff mit gesetzten Segeln, das forscher Wind zu Unentdecktem trieb,
ohne Stern versank die Welt um uns,
geflügelte Göttin der Liebeskunst streute Blüten und umgarnte mit dem Duft der Unterwelt, der gelebten Versuchung, sanft schloss sie uns mit ihren Schwingen ein,
selbstverständlich war es, dass ich mich dem hohlen Spiel der Verführung unterordnete, dass ich mich in die Selbstaufgabe treiben ließ, ich wollte lieben, um jeden Preis wollte ich eins mit dieser Erschöpfung sein,
die Liebe nahm mir meine Kraft,
ich hätte Bescheid wissen müssen über dieses trügerische Geschenk,
Phantasma einer Liebe,

die Welt versank,
und wir liebten einander gegen deren Untergang,
ich liebte dich,
wir waren einander ein Widerstand und dem, was sich außerhalb des Miteinanders drängte, in einem aufgespannten Horizont zusammendrängte, die Stadt, die zu einer Fassade geworden war, rückte in den Hintergrund,
machte dem Misstrauen Platz, den skeptischen Blicken, den ängstlichen Begegnungen, getarnt in kaustischer Routine,
man ließ nicht los,
Buben spielten Fußball auf den Plätzen, Mädchen zogen ihren Puppen Beine und Haare lang, sie lachten, fiel kein Tor, man spielte Schach, man aß, man trank, man lebte in den nahenden Krieg hinein,
in Schatten gekleidet lief ich zu dir, Luigi, und lief Stunden später von dir weg, lief im Schutz eines Fliegeralarms in deine Arme und Stunden später aus deiner Umklammerung.

Ich hörte die Leere, die Luigis Herz zerfressen hatte, hörte, wie sich Zentimeter für Zentimeter die Perspektive neu arrangierte, ich sah und spürte die Grenze, sie war in mein Blickfeld gerückt,

versucht bin ich, erneut die Augen zu schließen und auf den Moment zu warten, der zwischen Wachen und Träumen liegt, dieser schöpferische Augenblick, in dem nichts an der Seele haftet, nicht die Dunkelheit, auch nicht das Licht, keiner jener tausend Schnitte, die ich gewillt war, anzunehmen wie ein Urteil, das über mich gesprochen war,
doch nein, die Spitze meines Herzens regt sich und trägt mich pflichtbewusst aus meinem Quartier,
ich funktioniere,
keine Türen öffnen sich,
etwas ist anders,
das Schiff ist verändert,
wieder gibt der Boden unter meinen Sohlen nach,
auf Wolken gehe ich, noch spinnen sie ein Netz,
auch die Außenhülle ist dünner, ist durchsichtig geworden, wie ein Bild über ein anderes Bild gelegt zeichnet die Dunkelheit des Alls in die helle Kunststoffwand, es zeichnet das Schwarz seine Konturen in das Weiß, ich bleibe stehen, meine Fingerspitzen berühren die Wand, auch sie gibt meiner Berührung nach, das Schwarz verblasst, zieht sich in das Außen zurück, in dem der Drache geduldig wartet,
begleitet von einem leisen Surren umschließt grünes Licht meine Hand, ich spüre die Energie, das Schiff will

in mich, lagert sich auf meiner Haut ab, drückt dagegen, es schmerzt, ich halte aus, halte durch, ich funktioniere, widerstehe all dem Schmerz, der in mir schreit,
ich habe funktioniert,
ich ziehe die Hand zurück, und das Licht verschwindet, zuerst das grüne Licht, dann das Licht des Ganges, das Surren bleibt,
was willst du?, frage ich leise, was kann ich dir geben, was ich dir nicht längst aus freien Stücken gab?,
was?,
mein Körper und meine Seele sind nicht unversehrt, zeigen bloß keine sichtbare Verstümmelung,
das Notlicht geht an,
rötlicher Schimmer macht das Atmen schwer,
auch jeden weiteren Schritt,

unverkennbar waren die Schritte der Signora, ihre Absätze keilten sich in den Boden, rissen ihn ein, es war Nacht, ich tat, als würde ich schlafen, sie öffnete die Tür, trat leise in mein Zimmer, tastete sich an mein Bett heran, ich spürte ihre Blicke, die über meinen vermeintlich schlafenden Körper zogen, über das Gefäß, dem sie eine Geschichte entlocken wollte, so nahe kam sie, dass ich den Likör in ihrem Atem roch, sie hätte mich berühren können, mich mit

nur einem einzigen Wort wecken, doch sie schwieg, beugte sich zurück, beugte sich wieder über mich, wog sich mit Träumen, die meine hätten sein können, und in dem Abgrund, der sich zwischen uns aufgetan hatte,
ich war ihrem Verständnis entrückt,
schläfst du, Inès?, frage ich über sie gebeugt, inmitten ihres Dschungels, der sie zu einem Teil von sich gemacht hat,
Blätter, die sie umschlossen halten,
Blütenknospen, die ihr gelocktes Haar kosen,
die Augen unter ihren geschlossenen Lidern tanzen im Reigen einer tiefsitzenden Angst,
Locken, sagte man, seien die Blütenblätter eines denkenden Traums,
Inès trägt ihre Sterblichkeit in jeder Zelle ihres Körpers,
wir benennen ihn nach dir, Inès, den Planeten, fern ist er, ist ein Trugbild aus gebündelten Wünschen, zusammengeschnürt, verpackt, man macht uns Wunder glauben, meine Schöne, damit wir die Hoffnung nicht verlieren,
Inès stöhnt leise auf, ihr Körper regt sich, noch schläft sie, träumt vielleicht ein erstes Mal.

Ich schmiege mich in die Farne, die sich zärtlich links und rechts um meine Beine schlingen, sie sanft spreizen, verstricke meine Hände in den Efeu, links wie rechts zieht er meine Arme hoch, Rosenblüten streicheln und Dornen stechen mich,
ich kann den Duft von Regen schmecken,
sagte ich,
es ist ein Irrglaube,
sagte er,
dass es Sandkörner in unendlicher Menge gibt,
Sandrechner,
sagte ich,
Unendlichkeitsmaschine,
sagte er,
wir lachten,
ich sagte, die Seele sieht sich immer wieder ihrem eigenen Schiffswrack gegenüber, in einer Abhängigkeit dem Himmel zugewandt, auch ich will töricht nach den Sternen greifen, will Zufall sehnen,

deine Seele, Amicitia, deine Zufälle, mit mir hat das nichts zu tun,
Wortverschwörer,
sagte ich,
er sagte, geh,

geh zurück in die Höhle, aus der du dich gewunden hast, Eva, du bist nicht bereit für das Verdorbene, da ist noch zu viel Schlangenhaut nicht abgestreift, kannst du das Tier für mich sein, das in jedem Menschen schlummert?,

meine Beine weiter auseinandergespreizt, die Arme höher gezogen, sieh mich an, Luigi, ich erwache, mein von deiner Liebe tätowierter Körper windet sich unter deiner Abwesenheit, die uns aneinanderkettet, er spottet dir.

In mattes rotes Licht getränkt spiegle ich mich in der zunehmenden Undurchdringlichkeit des Pflanzenmeeres, ich, die ich über die alte Welt wanderte, von Kontinent zu Kontinent, von einem Ort zu einem anderen, Orte des drohenden Untergangs, Orte von bedingungsloser Schönheit mit Landschaften, die den Horizont in sich verschlungen hatten, nichts außer Wüstengras, silbergrau malte es in die gelbe Erde, rochen nach Einsamkeit, nach jener Weite, die der Wanderer sucht, zerklüftetes Land, ein Fluss einer Seeschlange gleich spaltete es, verlief mäandernd in einen Ozean, in dessen aufgewühlter Oberfläche spiegle ich mich, im mokanten Schrei eines Tropen-

vogels, im rasenden Herzschlag eines Kolibris, in nächtlicher Kältestarre in den treibenden Eisschollen gen Ende der Welt,
in Teilen habe ich mich zurückgelassen, wieder und wieder, grobschlächtig Vernunft und Anstand vom Körper abgetrennt, der Schmerz als Mittel, um gegen stumpfsinnige Zinnsoldaten mit ihren menschenverachtenden Idealen anzumarschieren, Stück für Stück in dieses unermessliche Fest getrieben, das Luigi Leben nannte, Fremdleben, meines, das er mir für seine Zwecke entlockte, aus mir schnitt,
nackt war ich, meine Haut schimmernd und blass wie Stein,
alte, gemeißelte Nacktheit entrückte meinen Körper der Außenwelt, rückte ihn weg von mir zu genauerer Betrachtung,
er betrachtete und notierte mich, das angewinkelte Bein, den Kopf, der zur Seite geneigt war,

Körper zu Fall gebracht,
Körper aufgeschnitten,
ein Schnitt mit einem Jagdmesser den Rücken entlang, rücklings die Eingeweide entnommen, den Hunden zum Fraß, zum weiteren Gehorsam, das Herz in den Dreck geworfen, das Gesicht aufgeschlitzt,

Schandmal, zur Schau gestellter Racheakt eines in der Seele Gehörnten, weiter und weiter ging er,
ich verstand nicht mehr,
ich spürte hinter Wirklichkeiten,
spüre hinter das Bild, das hinter einem anderen versteckt ist, hinein, jetzt, gegenwärtig, mein Körper entweiht, und in mein Spiegelbild tritt ein Mann in einen Umhang gehüllt, die Kapuze tief ins Gesicht gezogen, das Gesicht eine dunkle Fläche, Schriften der Unendlichkeit hält er umklammert und an den Leib gepresst, bitterer Schmerz, sagt er, wartet dort, wohin uns Süße lockt,
ich verstehe,
wir lösen uns in unseren Bildern auf.

Vorübergehender Zustand der Verweigerung, es zwingt mich nichts und niemand mehr, nicht diese Stadt, nicht meine Erinnerungen, ich wasche mich wieder, kämme mein Haar, entferne den Dreck unter meinen Fingernägeln, ich lächle denen, die mir Gutes wollen, dem Sonnenuntergang, der ein wenig Abkühlung bringt und jeden Tag die Seine in flüssiges Gold verzaubert, ich denke an Joe, denke, dass es ihm gut geht, weil er dann doch die Meisen füttert, sie und sich vielleicht vor dem Regen schützt,

ich trage dunklen Lippenstift, das blaue Kleid und stöckle mit hohen Schuhen, kalkulierte Lust ist es, die mich in Begegnungen führt, in *explicit lyrics* des Alltäglichen,
eigenes Desinteresse unterbricht,
was?,
ein Leben, an das man sich immer aufs Neue anpassen muss, mag es auch noch so schrecklich sein?,
ich hörte von Exekutionen,
hörte erneut Bomben detonieren,
hörte erstickte Schreie von Ertrinkenden,
irgendwann kommt der Moment, bei dem es einzig ums Überleben geht,
irgendwann kommt der Moment, der die letzten Dinge ins Bewusstsein bringt,

Inès steht hinter mir, ich spüre ihre Hand, wie sie sich schüchtern an meine Hüfte legt, mich streichelt, sie fragt, enden wir?, und die Pflanzen lassen ab von mir, ich sinke zurück, lehne an ihrer Brust, doch sie trägt das Gewicht meiner Erinnerungen nicht, weicht von mir, doch ich falle nicht,
ich falle nicht, sagte ich, als ich zwischen den unsichtbaren Säulen *all'antica,* die den Garten umgaben, balancierte,

pass auf, sagte Luigi, ein Grashalm war zwischen seine Zähne gesteckt, wanderte nach links und nach rechts, und eine Hand bedeckte seine Augen als Schutz vor dem Sonnenlicht,
trafen wir einander nicht, weilten wir in sinnlicher Verzauberung, der Garten wucherte, noch sah ich sie nicht, die Dämonen, die sich in ihm eingenistet hatten,
sah die Plastizität des Himmels, sah ihn als kostbare Seide, die nicht zerrissen war,
habe ich dir jemals von dem Mann im Schatten erzählt?, fragte Luigi,
nein, sagte ich, die Arme von mir gestreckt, einen Fuß vorsichtig vor den anderen setzend,
er überlegte, sagte, dann ein anderes Mal,
habe ich dir jemals die Geschichte von der Frau mit dem seltsamen Hut erzählt?, fragte er,
nein, hast du nicht,
eine fantastische Geschichte, ihr Hut hatte etwas, wie soll ich sagen, Lebendiges,
und weiter?,
weiter?, ein anderes Mal, sagte er und lachte,
ich sprang von der Mauer, landete sanft im hohen Gras, du lachst über mich,
nein, sagte er, lachte weiter,

doch, tust du, sagte ich und lief zu ihm, ließ mich in seine Arme fallen,
und die Geschichte mit der Schildkröte aus Stein?,
auch die erzähle ich dir ein anderes Mal,
ich sagte, du lässt dich um alles bitten, nicht einmal, nicht zweimal, dreimal und mehr,
er sah weg,
was ist?,
nichts, sagte er, sah mich wieder an,
wir sind nicht das, was wir tun, sagte ich, oder was wir getan haben,
was sind wir dann?, fragte er,
wir sind die Geschichten, die wir erzählen, so einfach ist das,
noch hörte ich die Dämonen nicht, spürte nicht, wie sie auf unseren Seelen tanzten und unsere Körper bedeckten,
Dämonen und Monster,
alle tausend Jahre kehren sie auf die Erde zurück,
siehst du die Schatten, die sich aus den Gesichtern der Menschen schälen?, fragte er, siehst du ihr Todesurteil?, es macht sie vogelfrei.

Eva, geh nicht, sagt Inès, lass mich nicht allein, sagt sie und will sich in den Schutz meiner Umarmung

drängen, ich komme wieder, sage ich, auch, dass ich es verspreche,
widerwillig bettet sich Inès, Körper und Kopf zur Seite geneigt, die Hände vor ihrem Schoß übereinandergelegt,
schließ die Augen,
nein, Eva,
gut, Inès, sieh mich an, sieh mir zu, wie ich gehe, sieh mit weit geöffneten Augen, dass ich wiederkommen muss,
Eva, geh nicht, bitte bleib, seufzt sie und wendet sich ab von mir,
bitte,
ich trete in den Gang, blicke zurück,
das Fleisch vergessen, es versteinern, es zu dem machen, was es einmal gewesen war,
Blicke in Vergangenes,
gewebtes Gewand der Ideen,
bitte,
ich blicke in die Überlagerung,
da liegt sie, diese Idee einer Frau, auf Stein gebettete Cecilia, in Marmor verschlossenes Wunder, kurz davor ist sie, aus einem Traum zu schrecken, der ihr Wirklichkeit geworden war, drei Mal suchte des Henkers Beil, ihr den Kopf abzutrennen, vergebens,

es blieben drei Tage Lebensfrist, kurz davor steht sie, den abgewandten und mit einem feinen Tuch bedeckten Kopf zu drehen, sich zu recken, sich aufzurichten, mich anzusehen,
Eva?,
ja, meine Schöne?,
Inès bewegt sich nicht, nur ihr Mund, in der Wölbung zwischen Stirn und Schulter sichtbar, ist leicht geöffnet,
zerbrochen, flüstert sie, ich träumte, dass ich nicht mehr ganz war, ich war ich, und doch war ich zerbrochen, verbrüht am ganzen Körper, der zu Stein geworden war, da gab es meinen Kopf, ich trug ein feines Tuch darüber, da gab es meinen Hals, in ihm war ein tiefer Schnitt, der mich verbluten ließ, ich war nicht tot, ich war auch nicht lebendig.

Der Traum ist der Spiegel all dessen, was wirklich ist, ist die Weiterführung einer Wirklichkeit, manchmal kann ich meine Träume steuern, kann mir ihre Gewissheit in bestimmte Richtungen positionieren,
Isolationshaft der Ereignisse,
kann träumen, dass nichts von alledem erlebt ist, nie passierte, unbeschadet ist die kostbare Fracht, unbeschadet wird uns der Drache ziehen lassen,

wir träumen, also bin ich,
im Traum sind wir der Wahrheit näher, der Traum lässt uns hinter die Geheimnisse sehen,
verrückt ist das,
ver-rückt,
das Traumkonstrukt mit seinen glatten Oberflächen ist ein eingerissener Kokon, sichtbar sind die Risse in der Außenhülle, zeichnen in die rote Höllenfauna flackernde Linien in grellem grünem Licht,
ich muss zu dir, mein Captain, ich kann nicht anders, als in deinem Schlaf Geborgenheit zu sehen,
wir brauchen dich, sage ich leise, wiederhole mich, während ich den Gang und einen nächsten entlang zu ihm eile,
ich brauche dich,
noch lebt der Schmetterling, sein leiser Herzschlag treibt mich an,

leiser Herzschlag war es, der mich in die Küche trieb, und stumme Tränen, die das Herz benetzten, die Vorhänge waren zugezogen, die Signora saß in gekrümmter Haltung über den Tisch gebeugt, an Stelle der Tischdecke waren Fotografien ausgebreitet, scheinbar wahllos schob sie eine neben eine andere, dann eine nächste, dann wieder eine, manchmal hielt sie in ihrer Bewegung inne, starrte auf eine Fotografie, versuchte, in dem Gezeigten etwas zu erkennen, das ihr bisher verborgen geblieben war,

als ich den Raum des Captains erreiche, umfängt mich zarter Rauch, geruchlos schlängelt er sich heraus,

sie bemerkte mich nicht, hob erst ihren Blick, als ich beinahe neben ihr stand, mein Leben, sagte sie, verzog keine Miene, und ich legte meine Hand auf ihre Schulter, ein sanfter Druck, und sie griff danach, dabei, sagte sie, hast du mich ertappt, sie sah zurück auf die Fotografien,

Wellengang in grobkörnigem Schwarzweiß, die Signora, mit strahlendem Lächeln, hielt ihren Sonnenhut, ein Seidentuch, um Hals und Schultern gelegt, flog mit dem Wind in dunkle Wolken, die ihr drohten,

der Rauch umfängt mich, ich betrete den Raum, das grüne Licht pulsiert, ist eine Venusfliegenfalle, die sich im Zeitraffer öffnet und schließt,

das Porzellan zerbrochen, in eine Ecke gekehrt,

der gläserne Sarg des Captains offen und leer,

ist das Ihr Mann, Signora?, fragte ich, zeigte auf eines der Bilder, ganz an den Rand hatte sie es gelegt, er, im Gegenlicht vor einer Stadtansicht, sie nickte, er ist

nicht gerne mit mir ans Meer, sagte sie, war ihm zu rau, die See, war ihm zu sandig, die Küste, einmal nur sind wir gemeinsam dort gewesen, dieses eine Mal, sie hielt in der Erzählung inne, räusperte sich, wo bist du, mein Captain?,
der Likör ist ausgegangen, sagte sie,
mein Puls rast, durch den Rauch hindurch eile ich zu einem der Pulte, streiche über den Bildschirm, Raul, Raul, schicke ich als Nachricht ab, er ist wach, Raul, wenn du mich hören kannst, komm schnell, ich warte nicht auf Antwort, laufe auf den Gang und mit dem Rauch, der mich zum Captain führen kann,
hätte er mich nur nicht allein gelassen, sagte die Signora, aber was kann er denn schon dafür?, dann stand sie auf, schob mich liebevoll ein Stück zur Seite, wenn kein Likör mehr da ist, brauchen wir etwas Stärkeres, sie verließ die Küche, ging in Richtung ihres Zimmers, ich nahm Platz, strich über die Fotografien, ohne sie zu berühren, strich über die Wellen, mal sanft, mal stürmisch brandeten sie,
eines der Bilder schob ich nach rechts, ein anderes nach links, mein Atem stockte,
ich hätte es wissen sollen,
im Zwielicht des Ganges, kurz bevor er sich in die Dunkelheit neigt, lehnt der Captain an der Wand,

hinter ihm zeigt sich das Universum, sein Blick ist auf den Boden gerichtet, in seinen Fingern zittert Energie,
sein Blick war triumphierend in die Kamera gerichtet,
an seiner Schulter ruhte die Verliebtheit der Signora,
Ostia Lido, sagte sie in die Küche tretend, dorthin fuhren wir, dort forderte er Wahrhaftigkeit.

Vogelperspektive, mein Blick streift über die Stadt, deren formvollendet strukturierter Körper zu dem meinen geworden ist,
schmutzverkrusteter Körper, aus dessen Innerem das Organische quillt,
tausend Schnitte rechts, wieder tausend Schnitte links getan,
das bedauernswerte *tableau vivant* einer toten Geschichte mitsamt ihrer Helden, Götter und Göttinnen, Ungeheuer und Dämonen haben ausgedient,
unter mir liegt Brachland, ausgeweidet,
die Angst, der schleichende Tod der anderen, ist zu der meinen geworden, hält mich in verzerrter Wahrnehmung versteinert, ich muss ihr mit einem Flügelschlag entfliehen,
Flügelschlag, der sich über Rauchschwaden hebt, über verkrustetes Blut, nackt bin ich, aber ich fühle

mich nicht nackt, trage eine fremde, kalte Haut als Schutzanzug,
meine Schwingen klopfen gegen das lackierte Holz der roten Tür, wieder und wieder suche ich Einlass in das, was mehr sein wird als die Summe meiner Erinnerungen,
ich ertappe mich, Sehnsucht ist diese Last, an der ich schwer zu tragen habe, ist eine Krankheit, nicht?, ist triebhaft, schmerzhaft, Seelenfraß,
der Knauf dreht und die Tür öffnet sich, ich trete ein,

Tee?, fragt der Mann mit Buckel, greift zur Thermoskanne, ist zwischen das Porzellan gestellt, noch stehe ich abseits, nah der hinter mir geschlossenen Tür, und weiß nicht, ob ich mich dem Tisch inmitten des Rosengartens nähern soll und der Selbstverständlichkeit, mit der mich der Mann empfangen hat,
ich halte Ausschau,
mein Stern ist nicht zu sehen,
nicht so schüchtern, Mademoiselle, sagt er, ich beiße nicht, Vertrauenerweckendes liegt in seiner Stimme,
in seinem Gesicht sind tausend Schnitte zu sehen,
ich nehme Platz, Minze, sagt er, kühlt an solch heißen Tagen, dann schenkt er ein und setzt sich mir gegenüber, Rosenbüsche, so weit das Auge reicht, Blüten

in Rosa und Rot in Üppigkeit, sie duften nicht, die Mauer mir gegenüber zeigt den bewegten Wellengang eines Ozeans, ich könnte darin versinken,
schön, nicht?, sagt er, umklammert seine Tasse und sieht sich im Garten um, im Licht des Nachmittags ist es hier das Paradies auf Erden,
über dem Wellengang, endlich, sehe ich meinen Stern,
der Tee kühlt augenblicklich, kühlt den Körper und lässt das aufgeregte Herz zur Ruhe kommen,
schmecken Sie den Hauch Lavendel?, fragt er, nur der spezielle Honig macht den Tee so richtig,
was mache ich hier?, unterbreche ich ihn,
köstlich, vollendet er den Satz,
was mache ich hier?, wiederhole ich,
den Zeichen folgen, sagt er, steht auf, geht zu einem der Rosenbüsche, streicht über Blüten und riecht hörbar in Duftlosigkeit hinein, sein Buckel wölbt sich in zwei Erhöhungen unter dem Jackett, er pflückt eine der Knospen, dreht sich zu mir, steckt sich den Rosenkopf ins Revers, sagt, Sie suchen, Sie finden, Mademoiselle, und es ist, was es bleibt, Ihre Höllenfahrt.

Ich musste die Augen öffnen, um den zweigesichtigen Janus zu sehen, musste genau hinschauen, um sein gedoppeltes Antlitz in der Brandung zu erkennen, Sand, in dem ich mit nackten Sohlen versank, Gischt, die an meiner Haut schabte,

der Morgen war angebrochen, und sanftes Licht verschleierte die geschundene Armut Ostias, ich hatte den ersten Zug aus der Stadt genommen, wollte zu jener Stelle, die mir die Fotografie gezeigt hatte, zu eben diesem Strandausschnitt, grobkörnig und ein wenig verschwommen festgehalten zwischen Schwarz und Weiß, ich suchte lange, und ich fand,

ich hatte nicht geschlafen, ich hatte versucht, Luigi zur Rede zu stellen,

atemlos war ich gewesen,

gehetzt,

die Seele gefallen,

ich hätte es wissen müssen,

ich klopfte,

er öffnete, funkelte mich aus der Dunkelheit an, sagte, dass er mich nicht gerufen habe, sagte, dass das nicht Teil unserer Abmachung sei,

unausgesprochene Abmachung, ein Pakt, den ich mit meinen Körperflüssigkeiten unterschrieben hatte, hatte mich aus der Menschlichkeit enthoben, aus dem Licht, das mich begleitet hatte, seitdem ich meinen ersten Schmetterling fliegen sah,

lass mich rein, sagte ich, stampfte mit den Füßen auf, wartete, bis er mich gewähren ließ,
vielleicht hörte ich das Klopfen der Totenansager, ich roch Tinte, sah, nachdem sich mein Blick der Dunkelheit gefügt hatte, Papier, das sich auf Tisch und Bett und Boden ausbreitete,
hörte die Feder übers Papier kratzen, Wachträume hörte ich sie notieren, die Hölle ist jener Ort auf Erden, an dem die Kälte der Vernunft als Rechtfertigung für Gewalt angesehen wird,
ich wusste, dass er ein einsamer Mann war,
Luigi, Einsamkeit hat kein Gegenteil,
er stand hinter mir, wir schwiegen, und als ich im Begriff war, mich umzudrehen, legte er die Hand in meinen Nacken, er hielt mich fest, hielt mich fern, er drückte zu, und ich schloss die Augen,
letzte Nacht, sagte er, habe ich meinen Tod gesehen, mein aufgeplatztes Herz,
er drückte fester,
führte mich durch die Dunkelheit, auch durch die plötzliche Stille, die das Außen negierte, dieses schwarze Loch, dem ich widerstehen wollte mit all meiner Zärtlichkeit,
dein Zartes täuscht, sagte er, dein Wille, dich mir hinzugeben, dein Wunsch nach Freiheit kränkt mich,

deine mir durchs Schlüsselloch gezwitscherte Liebe beleidigt mich, macht mich krank das alles, ich kann nicht anders als dir wehzutun, damit ich gesunde, wehr dich nicht, sagte Luigi, drückte fester zu, drückte mich in Richtung Bett, drückte meinen Körper vornüber,
geöffneter Körper,
wie ich ihn haben wollte,
Muskeln
Sehnen
Knochen
alles freigelegt
tatsächlich
riss er ihn mir
entzwei.

Ich hatte mich verirrt, bog in Gassen, die mich nur noch weiter vom Haus der nicht geweinten Tränen der Signora entfernten, ich sah über der Festung den Engel gegen den Drachen kämpfen, sah den Teufel in seiner Drachenhaut,
verwundet
im Fallen
gefallen
war auch er

ich hörte das, was längst in ihm gestorben war,
Liebesflüstern,
Empfindsamkeit,
ich irrte, hatte mich irren lassen,
was wäre gewesen, hätte der Drache den Engel besiegt?,

der Captain hebt seinen Blick, die Energie, die um seine Finger flirrt, kriecht unter die Oberfläche seiner Haut, zieht sich anstelle der Adern durch seinen Körper, bewegt ihn, bewegt ihn auf mich zu, in Verzögerung gefangen, vor und zurück,
mein Captain?, er sieht mich an, er?, das sind nicht seine Augen, hinter diesem Blick pocht versehrtes Inneres,
Sie suchen, Sie finden, hallt es in mir nach, angezogen bin ich von dieser Pforte, dieser Vulva, die nach mir lechzt, Schritt für Schritt hinab, die Wände kühl und feucht, ein Rinnsal zu meinen Füßen, schimmert im ersterbenden Licht gleich einer Schlange und deren glänzender Haut, zieht mich hinab, Abwärtsspirale aus Stein, an dessen glatter Fläche ich mich festzuhalten suche, die mit jedem Schritt ein wenig kälter wird, kalt ist mir, Eva, so kalt, sagt der Captain, hebt seine Hand und nähert sich, ich fühle mich angezogen von

der Energie, in der sein Körper taumelt, abgestoßen gleichermaßen, ich weiß nicht, was ich tun soll, ob lachen, ob weinen oder anstatt seiner zu schreien, all das Erfahrene aus dem Leib, das Gesehene aus den Knochen,
nah ist er, legt seinen Arm um mich, berührt mich nicht, er flüstert, du, das weiß ich jetzt, hast deinen Teufel mit auf mein Schiff gebracht,
ich habe ihn sterben sehen, sah ihn tot, ich verspürte Gefallen daran, Eva, Lust, ich spürte, dass ich in kalter Dunkelheit ein Mensch geworden war.

4

Im Träumen wie im Wachen, Eva, du hast dein Unheil, begraben in deinen Erinnerungen, mit auf dieses Schiff gebracht, aufgesaugt wurde es, verwandelt in diese surrende Energie, die Substanzen frisst, organische und anorganische, die uns zu Fremdkörpern macht, uns unmissverständlich zu verstehen gibt, dass wir nicht erwünscht sind, nicht vorgesehen sind im Zukunftsplan einer neuen Menschheit,
die Hülle bricht, die Risse weiten sich binnen Sekunden,
das Herz reißt in Stücke,
mein Name ist Eva,
mein Fluch ist die Unsterblichkeit,
auch meine Geschichte muss damit beginnen können, dass einmal etwas gewesen war, es war einmal ein Stern, und ich pflückte ihn mir, hielt ihn fest umklammert, sodass ich mich an seinen scharfen Kanten schnitt, schwarz war mein Blut, das aus mir tropfte,
ich bin dieses schwarze Loch, das, quert man meinen Ereignishorizont, alles verschlingen kann,

das sah und spürte ich in den Minuten nach dem Start, spürte es, um es vergessen zu wollen,
doch das Vergessen ist ein träger Fluss, führt in die Unterwelt, führt hin zu der Einzigartigkeit eines Augenblicks, eines Innehaltens von Raum, von Zeit, Standbild, festgehalten ist seine Essenz, jener Moment, der geschieht, kurz bevor es zu einem Fallen kommt, der Fall selbst nicht mehr aufzuhalten ist, man dennoch nicht fällt, noch lange nicht gefallen ist, das ist der Moment, in dem Geschichte spielt, diese Geschichte, ein sich zäh bewegendes *Memento mori* ist dieser Augenblick, es sagt, sei dir, lustvoll gefangen, deiner Vergänglichkeit bewusst,

Erde, hier ist die Nemesis, hört ihr mich?,
hört mich, wir werden fallen, fallen aus unserer Menschlichkeit in dystopische Gefilde, eine Vorstufe des Nichts, im Nichts wird es auch keinen Drachen geben, der Drache, Eva, der bist du, warst es immer, wirst es immer sein in all den Ewigkeiten, die noch vor dir liegen, da ist nichts Erstrebenswertes, das ein Morgen bringen kann,
meinen Stern kann ich nicht mehr sehen, zu viele Schatten beschützen ihn vor meinem gierigen Blick,
Erde, hört ihr mich?,

der Captain sagte, du hast deinen Teufel mit auf mein Schiff gebracht, ich sah ihn tot, ein Arm weit vom Leib gestreckt, der andere unter dem Gewicht seines Körpers begraben, blutverkrustete Haare fielen über die aufgeschürfte Stirn, sein Gesicht war angeschwollen und entstellt, Oberkiefer zerschmettert, das linke Ohr mit einem Schnitt vom Gesicht getrennt, Wunden überall, Rippen gebrochen, das Herz war geplatzt, das sah ich, Blut, dickflüssig und zäh wie Teer, schmeckte Fäulnis als Erinnerung an deine Küsse, roch das Sterben, spürte Verwesung am eigenen Leib, kalte Dunkelheit, ich war ein Mensch geworden,
ich schwieg,
Nemesis war es, die den Narziss bestraft hatte,
jetzt straft sie mich.

Ein Individuum ist ein Mensch, der das Recht hat zu sprechen und zu schweigen, zu lieben und grausam zu sein, und wenn er will, setzt er sich eine Maske auf, und sei es die Maske des Todes, und wenn er will, verliert er sich in seinem Spiegelbild,
zeigt kein Gegenüber mehr,
schwarz ist der Bildschirm, schwarz das All und das Dahinter, das uns umschlossen hält, keine Sterne funkeln, keine Schuppen da, die uns der Drache schenkt,

Erde, hört ihr mich?, wiederhole ich leiser werdend, reflektiere mich im Abbild dessen, was mich umgibt, erkenne mich nicht, nicht mehr, in dieser Starre, keinen einzelnen Teil von mir,
ein Narziss war einst mein Spiegel, lehnte sich zu weit übers Ufer hinaus, bis er in mir ertrank, und ich in ihm, ich in seiner Forderung nach selbstaufopfernder Liebe, tausend Schnitte der Wahrhaftigkeit, und bei jedem Schnitt stand mir der Sinn danach, Narziss, so erzählte man, wurde von Nemesis mit der Last unheilbarer Selbstliebe gestraft, nachdem er andere, die sich nach ihm verzehrten, Mädchen und Jungen, zurückgewiesen und in den Tod getrieben hatte, er verzehrte sich nach seinem Ebenbild, verloren im Schein,
ist ein Verdursten bei gefülltem Wasserglas,
ich schaue dich an, du bist verzerrt,
du schaust auf mich, kannst meine Verzerrung nicht erkennen,
schaust mich an,
da ist nichts hinter dem Spiegelglatt,
dennoch stürzt es uns hinein in das Trugbild, in die Todessehnsucht, die wir ineinander suchen,
suchten, was wir längst gefunden hatten,
wenn du im Abgrund stehst, wohin kannst du fallen?,

Narziss starb,
es blieb eine Narzisse, die am Ufer wuchs,
ich pflücke sie
dir,
reiße sie dir aus unserem Garten,
reiße aus, was ich liebevoll gepflanzt habe,
mache endlich den Dämonen Platz.

Nachdem der Captain erwacht war, sah er mich mit diesen anderen Augen an, erkannte mein Selbst, das ich versteckt gehalten hatte, er war mir kein Verbündeter mehr, entzweit, er und ich, unser Zusammensein, das begonnen hatte, bevor er in meiner Hölle war,
gefangen,
ich suchte mich aus der erdrückenden Umklammerung zu lösen, wand mich aus seinem Atem, der mir den Hals aufraute und meine Haut brüchig machte,
meine Hülle,
ich drückte ihn weg, sein Misstrauen mir gegenüber, das mir seine Berührung verriet, der feste Druck, der mich nicht loslassen wollte, der mich an die Begrenzung des Schiffes führte, der mir Auswege nahm,
du hast die Hölle mit auf mein Schiff gebracht, deinen Teufel, sagte er,

ich schwieg weiter,

Speichel benetzte seine Lippen, Schweiß bedeckte sein Gesicht,

die Wand hinter mir gab nach, ich schien zu fallen, er mit mir, hinab in das Unausweichliche, für einen Augenblick sehnte ich mich danach,

fallen,

hinab, eine Stufe nach der anderen, fern höre ich eine Metro, nähert sich der Seine, fern höre ich Stimmen, jene, die sich an der Oberfläche der Stadt sammeln, sich so viel und doch so wenig zu sagen haben, verstrickt sind in das Aufrechterhalten der Illusion, des Zaubertricks Leben, verblendet sind in dem bisschen Zukunft, das ihnen bleibt,

nur noch leise tanzt das Licht,

nur noch schwach spüre ich meinen Schatten,

hinab,

will den Boden unter meinen Füßen verlieren,

ich falle,

eingehüllt in grünes Licht, wir, eins mit der Energie des Schiffes, die nun, so schien es, der Captain in sich trug, sie gab ihm Kraft,

ich bin das Licht und du die Dunkelheit, nein, umgekehrt, Luigi, so war das nicht, mit dir, mit uns, mit dem, was ich dir vom Himmel gelogen hatte, damit

ich in deiner Nähe blieb, bleiben konnte, geblieben war,
so wie du mir das Licht entziehst, entziehe ich dir die Dunkelheit, wir sind einander ebenbürtig,
ich und du,
alles offen aufs Papier gebracht,
Eva
Luigi
alles schon?,
du hast mich durchschaut,
wer sagt das?,
du, mein Captain?, mit dieser tiefen Stimme, die mich erinnert, mich auseinanderreißt,
du, Luigi?, damals, als ich dich nicht zur Rede stellte?, bloß sagte, leise, mit zitternder Stimme, dass ich mich leer fühlte, weil ich meine Liebe dir überließ,
hinab,
ich höre Stille, lauter wird sie, verdrängt alles, was sich Oberfläche nennt, was sich auf ihr zusammenrottet, die Angst, die keine Stille kennt, hinab in die harmonische Perspektive von einem Schneckenhaus, einer letzten Zuflucht vor dem nahenden Untergang, spüre ich, noch eine Stufe, einmal zwei, ungleich sind sie, manche schräg, andere eingebrochen, ich passe auf meine Schritte auf.

Verschleierte Morgendämmerung, noch bevor ein erster Lichtstrahl die Häuser und Ruinen traf, ich zog durch die Straßen, sie hatten sich verändert, alles hatte sich verändert über Nacht, wortlos ging ich, nachdem Luigi eingeschlafen war,
was die Geschichte hinter der Geschichte sei, hatte ich gefragt, dieses Geheimnis, das ich von Anfang an gespürt hatte, und für einen Moment fand ich ihn in der Versuchung, mir alles zu erzählen, sein Blick, der in diesem Moment ein anderer war, der das Verletzte in ihm geöffnet hatte,
kurz,
nur kurz,
ich wagte nicht nachzuhaken,
verlassenes Rom mit seinen Irrwegen, die Straßen ausgestorben, doch bald schon würde die Betriebsamkeit einsetzen, die ersten Stimmen, dann die ersten Körper, die sich in ihr alltägliches Tun flüchteten, seit ich auf Luigi getroffen war, hatte ich vergessen, was Einsamkeit war, jetzt fing sie mich ein und fing mich auf, trug mich leichtfüßig in den Tag und in einen beginnenden Abschied, Bild für Bild formierte er sich in mir, die Skizze, aus der ein Gemälde wuchs, träge wuchsen die Menschen aus ihren Häusern, schälten sich aus den Eingängen, den Fenstern und

Fassaden, ihre Blicke waren auf mich gerichtet, aber auch auf all das Gegenwärtige, diese Zeit, die sich mit den Lumpen des Misstrauens kleidete, mir war, als würden sie mich kennen, diese Männer, Frauen, Kinder, die in ihren Tätigkeiten innehielten, um mich anzusehen, sie kannten mich und meine Geschichte, die vergangenen Stunden, aber auch das, was in meinen anderen Leben gewesen war, wache Augen voll des Mitleids, sahen hinter das Offensichtliche, sahen das Geheimnis und scheuten es nicht,

ich hätte danach fragen sollen, anstatt in ihren Blicken zu versinken,

was ich in den dunklen Augen, die kein Licht mehr spiegelten, nichts mehr spiegelten, alles durchschaut und decodiert hatten, sah, war das Nackte, keine Zierde, kein Schmuck, kein Beiwerk, nackte, ausgelieferte Wesen erkannte ich, Jäger, die mit nur einem Augenaufschlag selbst zur Beute geworden waren, der Schleier, der über der Maske lag, war gelüftet, die Maske würde fallen,

was dann?,

Monster, dachte ich, jene, die Luigi in ihnen wahrnahm und von denen er allzu gerne sprach,

siehst du sie?, fragte er,

ich schüttelte den Kopf,

ich sehe sie anstatt der Menschen, sagte er, und schneide ich den Menschen mit Blicken den Körper auf und ziehe ich ihnen die Haut ab und dringe bis zu ihren Knochen vor, sehe und höre ich sie lautstark fordernd toben.

Noch versuchen die Menschen einen Alltag aufrechtzuerhalten, in einem Oben, das bald vergessen ist, versuchen sich an dem kleinen Glück festzuhalten, ihre Maske ist noch nicht verrutscht, klebt an der Haut, der Klebstoff ätzt in den Augen, provoziert Tränen des eigenen, falschen Leids, Tränen aus Habgier,
der Nährboden fehlt,
ich atme Tränen, weil das Weinen die einfachste aller Handlungen ist, und mich in dieses Bild, das das Ende des Weges markiert, rot-rosa Licht, das hinter einem leicht geöffneten Brokatvorhang pocht, ein Schild mit einer Leuchtschrift darüber, das Wort *l'enfer* ist in winzigen Glühlämpchen ineinandergesteckt, der betörende Duft einer Feuerlilie fängt mich ein, sodass mir schwindelt, Musik, die lauter wird, als der Vorhang zur Seite geschoben wird, hervor tritt ein Mann in Schwarz, er trägt eine Ledermaske, er, der Fährmann, fordert mit ausgestreckter Hand einen Obolus,

ich habe nichts,
du hast Erinnerungen, sagt er, gib sie mir,
ich greife nach seiner Hand,
er zieht mich in die Hölle,
nichts?, fragt Jaques,
er steht hinter mir,
nichts, sage ich, nichts, nicht einmal mehr ein Schatten,
du bist nicht bei ihm, sagt er, das wundert mich,
ich stehe auf, lasse das Nichts, das mir vom Bildschirm aus spottet, hinter mir, gehe zu ihm, ruhig schlägt sein Herz, ich lege meine Hand darauf, sage, ich verstehe dich, verstehe deinen Mangel, nichts anderes giert nach mir,
sein Herz schlägt schneller, ich ziehe ihn zu mir, dann küsse ich ihn.

Wir lieben uns, nein, wir lieben einander nicht, wir setzen unsere Klauen in das Fleisch des anderen, versuchen das zu verschlingen, was wir im anderen sehen, wir sind Form, wir sind Inszenierung,
alles egal, egal geworden, die Mission, das Zukünftige,
auch ich bin zu einer Enttäuschten geworden,
einer Verratenen,
nicht wahr, mein Captain?,

in deiner Umklammerung sah ich durch die transparente Hülle des Schiffes einen Gewittersturm, nicht aufzuhalten, sah ihn auch in deinem Blick, wusste, dass es die Launen des Drachens waren,
nicht wahr, Inès?,
hüllst dich in seine Umarmung, fühlst dich ein erstes Mal beschützt,
ich lache mit jedem Stoß lauter, stöhne und lache und lache und verliere mit jedem Stoß ein Stück Erinnerung, fällt von mir ab, fällt ins Bodenlose,
Liebe verloren
Hass verloren
das Abwesende
leer ist es mir geworden
im besten Sinne bedeutungslos
Jaques war es, der mich aus der Umklammerung des Captains gelöst hatte,
der Captain ließ von mir ab,
das grüne Licht zog sich in die Hülle des Schiffes zurück, pulsierte in seinen Augen, sichtbar nur für mich,
zitternder Körper
Schreie unterdrückt.

Eine andere Stille hat sich in die Gänge des Schiffes gelegt, seitdem der Captain erwacht ist, Stille,

die die Unendlichkeit erweitert, unerträglich macht mit ihren offenen Fragen, jeder und jede hat eine andere Frage, die nie beantwortet werden wird, das rote Licht begleitet die Stille, nichts surrt, keine Schritte hallen nach, als hätte sich die Lautlosigkeit des Alls in dieses Schiff verkrochen,
ich habe keine Pflichten mehr, in die mich das Raumschiff nimmt, ich bin es leid, in das schwarze Loch des Bildschirms zu starren, die scheue Inès in Gegenwart des Captains lächeln zu sehen, sieht ihn an, als sähe sie Sterne funkeln, verliebte Augen sind es, ich kratzte sie ihr gerne aus, leid bin ich es, andere Wege zu gehen, nur damit ich den Captain meide, auch er meidet mich, weicht mir aus, wenn ein Zufall uns in eine Begegnung provoziert,
ich bin es leid zu träumen,
dennoch träume ich,

Kissenhüllen aus Brokat, blau-silber, rot-gold, handgestickt, liegen zu meinen Füßen, Essensreste, Fleischstücke, Pasteten, fauliges Obst, schwerer Cognac, der sich mit dem Speichel anderer mengt, Sperma, das ich mir von meinen Lippen lecke, ich weiß nicht mehr, von wem, ich trinke aus den Mündern anderer, Männer, Frauen, lasse sie in mich dringen, dringe in

sie, Sehnsucht ist ein lächerlicher Ersatz, ritzt sich in mein Herz, für Liebe, und Liebe ist nichts,
haben Sie gefunden, Mademoiselle?, fragt der Mann mit Buckel,
die Zeichen haben sich gegen mich verschworen, sage ich,
dann ist es gut, sagt er und zieht sich in die Dunkelheit zurück, aus der er gekommen ist,
flüchtige Substanzen, ich und die anderen, die sich hier gesucht und auch gefunden haben, die den Erloschenen an der Oberfläche entkommen sind, mitsamt ihrer Angst, kein Ort der Fantasie kann vor dieser Folter schützen, wir, ich und die anderen hier, sind Trugbilder, letzte Spuren des Menschlichen, die zeigen, wie es wirklich ist, zu Tieren geworden kriechen wir ineinander und leben das Entgrenzte, das uns in die nächsten Augenblicke lockt,
Wahnsinn bleibt, wenn die Schnitte getan und zu Wunden geworden sind, die nicht mehr heilen dürfen, in unmöglicher Freiheit gefangen, in der Zustandsbeschreibung einer lustvollen Qual, wir konstruieren unsere Hölle immer wieder neu, unsere Überschreitungen, unser Chaos des Möglichen,
Abbild des Lebens, spiegelverkehrt,
wir sinken,

diese Hölle drückt sich tiefer in die Erde, endlich in einen Abgrund, senkt sich ab in eine Traumlandschaft in vollkommener Finsternis, in Staub, Schlamm, Gewürm, in abgezogener Menschenhaut, in Resten von Knochen, eine Schlange schlängelt sich meine Beine hoch, hin zu meinem offenen Geschlecht, sie zischelt, schlängelt über meine Scham, gebiert eine weitere Schlange, auch sie wird zischeln, und die kalte Schlangenhaut mengt sich mit meiner, mit verbundenen Augen kann ich alles sehen, sehe zur Oberfläche, Ort des Unrats, Jauchegrube, die die Exkremente der ganzen Welt aufgenommen hat, Menschen, die sich an den Gliedmaßen anderer speisen, das Tier in uns, egal ob oben oder unten, ist bereit für seinen Siegeszug,
alles schon einmal dagewesen,
was dann?,
hier im Herzstück meiner Hölle ist es totenstill,
was dann?,
Joe?,
bist du da?,
sind du und deine Liebe mir noch nicht abhandengekommen?,
verzeih mein Schweigen,
verzeih mir meinen mädchenhaften Trotz.

Raul flüstert mir, die Kokons brechen auf, einer nach dem anderen, komm, ich zeig es dir,
wir verlassen den Gemeinschaftsraum, Blicke folgen uns, die von Jaques, die des Captains, nur Inès sieht weiterhin auf ihren Monitor, lässt ihren Dschungel nicht mehr Dschungel sein, will ihn nicht wuchern, will ihm Form und Konturen lassen,
Raul setzt seine Schritte zögerlich, muss sich aufrechthalten, seine Stimme ist belegt, sein stetes Husten trocken,
ich sage nichts, ich muss nicht sagen, was er ohnehin schon weiß, verschwenderischer Kosmos wirft mal das eine, dann das andere Leben weg, wüsste der Schmetterling um seinen nahen Tod, denke ich, er flöge nicht ins Licht, bliebe in seiner Dunkelheit, ließe sich nicht verwandeln,
er hat sich verändert, sagt Raul, setzt seine gespielte Freude meiner Wut entgegen, du, ich, selbst Jaques,
er hält inne, dreht sich zu mir, das Unausweichliche, Eva, kennt kein Zurück,
im Maschinenraum angekommen umfängt mich wohltuende Dunkelheit,
ich habe diesen Ort vermisst, sage ich,
es ist ein Ort, sagt Raul, wie jeder andere,
ich schmiege mich an den Schläuchen und Rohren

vorbei, sicher ist mein Schritt, der Raul nicht mehr folgen muss, ich mag es, das Metall an mir zu spüren, mag den Geruch, der mir Realität vorgaukelt,
manchmal, sagt Raul, habe ich das Gefühl zu ersticken,
wir sind in seinem Raum angekommen, er bleibt an der Tür stehen, während ich mich einer Wand nähere,
nur sie, sagt er, geben mir Trost,
viele der Kokons sind aufgebrochen, manche leer, in anderen ist das Leben vertrocknet, in einigen jedoch pocht ein Schmetterlingsherz, Raul kommt zu mir, gerne würde ich in seine Arme sinken, ich tue es nicht, ich lausche dem Pochen, wie Musik klingt dieser Widerstand gegen die Vergänglichkeit, ein Fühler streckt sich aus einem der Kokons, dann ein Bein, mühsam zieht sich der zerbrechliche Körper in seinen neuen Lebensraum,
Zitronenfalter,
ich folgte ihm durch den Tag in den verzauberten Garten, Symbol, der er gewesen war, verlor er mit jedem Schritt, den ich tun musste, seine abstrakte Wesenheit und veränderte sich hin zum klaren Ausdruck meiner einzig gebliebenen Realität, seinem Wunsch nach Freiheit folgte ich,
unberechenbar,

Brachland,
und fliehen will die Schlange, doch sie kann nicht, hörte ich die Worte des Nolaners, das Schlupfloch ist zerstört, die eigenen Kräfte erloschen, blind war ich, eingesponnen in Glasfäden, folgte trügerischen Lichtern, kleine Risse auf schwarzer Leinwand zogen in ein Dahinter, in das ich mich verführen ließ, in Brüchiges, das mich lebendig machte, und doch, ich fand nichts anderes als Dunkelheit,
geräuschlos
geruchlos
verfallen lag mein Garten vor mir, in den Efeu hatte sich eine Spinne genistet, zog ihr Netz dicht über das Immergrün, überwuchert war alles Schöne, Fäulnis bedrängte anstatt des Blütendufts, der Rebstock splitterte, seine Splitter drückten in mein Fleisch, Früchte vertrocknet, Gras verbrannt, dunkle Wolken verdeckten den Sonnenschein, selbst die wilden Tiere, die sich hinter den Baumskeletten versteckten, würden bald nur noch Knochen sein.

In meinem Herzen trage ich den Schmetterling, der, nachdem er die Flügel ausgebreitet hatte, auf Rauls Schulter flog, ein kleiner Stern, der sich von dort über den Brustkorb tastete, für Augenblicke

Raul das Atmen leichter machte, ihm vielleicht seine Schmerzen nahm,
etwas, sagte er, frisst nach und nach meine Gedanken, frisst mir das bisschen Erinnerung, das ich an mein Leben habe, meine Wünsche, es soll mich nicht kümmern,
der Schmetterling flog weg, Raul sah ihm nach, unsteter Flügelschlag,
ich musste gehen,
gehe vorbei an der Tür zu Inès' Dschungel, sie steht offen, leise trete ich ein, Inès huscht zwischen ihren Pflanzen hin und her, streicht grob über Blätter, schiebt Äste und Blüten aus dem Weg, bindet sie zusammen, stutzt sie, reißt die jungen Pflanzen aus, alles drängt nach noch mehr Platz, es riecht nach Erde, nicht nach reproduzierter Künstlichkeit, will mich in Erinnerungen zwingen,
nicht jetzt, platzt es abwehrend aus mir heraus, und Inès dreht sich um, ist einmal nicht erschrocken, sagt nichts, und ich sehe, dass auch sie sich verändert hat, sehe den Gewittersturm, er tobt in ihrem Blick, verzeih, sage ich, soll ich gehen?,
geh, sagt nicht Inès, sagt der Captain, geh, kalt und leblos klingt seine Stimme, schneidet durch den Blätterwald bis in mein Herz, aufrecht steht er vor dem

Eingang des Raumes, der unsere kostbare Fracht beschützt, das, was von ihr übrig ist, hauchdünne Energiefäden ziehen in seinen Körper und verlassen ihn, er kommt auf mich zu, ich versuche, nicht zurückzuweichen, ihn mit einem liebevollen Blick an Gewesenes zu erinnern,
geh, wiederholt er,
dort, wo die grüne Energie in seinen Körper züngelt, schwinden Stoff und Haut und Muskeln und legen seine Knochen frei,
geh,
ich gehe nicht,
Erde, sagt der Captain, hier ist die Nemesis,
Inès lacht schrill,
Wind lässt Blätter aneinanderschaben,
Erde, hört ihr mich?,
ein Blitz entzweit,
ich falle,
ich eile zu dem Raum, in dem der Captain ruhte, dunkel, abgestorben ist er, und trete ein, Erinnerungen, denke ich, sind Ruinen, sie wollen besichtigt sein, erforscht und bewundert, wollen in ihren Überresten mächtiger scheinen als sie waren, Seelenrest, an den ich mich hartnäckig klammern möchte,
wie lange noch?, mein Captain,

ich vermisse dich, sage ich, ich habe Angst, vor dir, vor dem, was durch mich aus dir geworden ist, sprich mit mir,
ich nähere mich dem Glassarg, mit jedem Schritt spüre ich unsichtbaren Widerstand, das Abwesende, das zu einer Lichtspur wird, wenn Äther dieses Vakuum zerbricht,
mein Captain, ich habe Angst vor dir, versuche, in deine Gedanken zu schlüpfen, will Gewissheit in dem, was längst mehr als eine Ahnung ist,
ich warte auf dich,
hier,
ich schließe die Augen,
blind will ich sein und auf dich warten,
komm her
komm
komm zu mir
ich warte, bis –
wissend will ich sein, und dann –
dann –

ich schrecke hoch, atemlos, ich friere, zittere, stemme mich aus der Körperhülle des Captains, aus seinem Gedächtnis, das mir ein Spiegel ist, der nichts verschönt, aus seinen Wünschen, auch aus dem Bann der

grünen Energie, die ihn zu dieser Hülle machte, leer und doch besetzt,
der Zufall ist es, der die Monster formt.

Zufall war es, sagte die Signora,
sie saß im Licht der Nachmittagssonne auf meinem Bett, die Hände in den Schoß gelegt, den Kopf gesenkt, während ich am Fenster stand, mit geschlossenen Augen in den Himmel blickte,
Zufall, der uns einander begegnen ließ, in der Küche trocknete ich das Porzellangeschirr, von dem ich Staub gewaschen hatte, mein Mann kam nach Hause, trat in die Küche, nahm den Hut ab, lächelte, doch ich sah nur ihn, es tut mir leid, sagte sie, um dich, ich hätte dich, ich hätte ihn, hatte ich doch selbst in diese Welt geblickt und bin daran zerbrochen,
aber Signora, sagte ich, nichts muss Ihnen leidtun, es hat sich gesucht, was sich längst gefunden hat, in diesem Stillleben als Gegenbild unserer Zeit, Signora, die Tränen des Bedauerns verletzen nur Sie selbst,
gekränkt sah mich die Signora an,
ich sah die Hausmauer gegenüber bröckeln,
Zufall war es, der mich in die Moschusstraße, vorbei an dem Obststand und dem Antiquitätengeschäft, dem Kugelfisch, hin zur roten Tür brachte,

die Summe von Zufällen ergibt ein Schicksal,
es ist vorherbestimmt,
du und ich, die Hitze, der Regen, die Hölle und die prophetische Sage vom Weltuntergang, meine Hölle, *l'enfer,* machte mich auch zu einem Gefäß, zu einer Geschichtslosen, das Fleischliche habe ich erschöpfend hinter mir gelassen, die Lust, die mich in Lüge und Täuschung getrieben hatte,
sentimentalitätsbefreit, wie ich es in meiner Jugend lernte, Brutstätte der Dämonen, doch sie flüstern nicht mehr durch das Schlüsselloch der Angst,
hier sind sie mir gegenwärtig,
hier bin ich mit ihnen und ihren lächerlichen Taten eins,
weißt du, Joe, *enfer* hieß jener Teil einer Bibliothek, in dem die verbotenen Bücher aufbewahrt waren, ein schöner Zufall, nicht?,
ich las in den verbotenen Büchern, leckte von ihren Seiten das Gift, vegetiere in einer Krankheit, von der ich nicht gesunde.

Kein Licht, kein Surren in meinem Quartier, ich liege im Bett, isoliert und auf mein Selbst zurückgeworfen, klar kann ich darin die Gesetze des Weltalls lesen, seine simple Struktur, die Endlichkeit,

sie bläht sich auf, ist ein *Trompe-l'œil* im Vorspiel falscher Wahrhaftigkeit,
erdrückend,
sieht man dem Grauen ins Gesicht, will man es verleugnen, Hoffnung dem entgegensetzen, was unausweichlich ist,
ich wehre mich, will nicht mehr Teil jener Bilder sein, die über mich gezeichnet sind,
der versehrte Körper des Schiffes ist eins geworden mit dem des Captains, ist zu einer Bedrohung geworden, der ich mich widersetzen muss,
ich denke, wir lehnen das Spektakel ab und sind doch verbunden mit ihm,
ich konnte spüren, was der Captain im Schilde führte, sage ich zu Jaques,
er liegt neben mir, berührt mich nicht,
ich sah ihn uns nicht mehr schützen, uns nicht mehr und auch nicht unsere Fracht, und die leichtgläubige Inès ist ihm verfallen, nur du und ich sind ihm noch ein Widerpart,
ich weiß, sagt Jaques,
willst du leben?, frage ich,
Zugzwang
Figuren in Position gebracht
in die Enge getrieben

ich will leben, sagt Jaques,
und wieder spüre ich die Intensität seines Mangels aus ihm sprechen, spüre sie in der Anspannung seines Körpers, er will leben, will das, was er ist, überschreiten können,
gut, sage ich, dann weißt du, was du zu tun hast,
ja, sagt er, ich weiß, greift instinktiv nach seinem Messer,
nur ein Raubtier kann ein anderes Raubtier reißen,
nur ein starker Wille lebt,
wir lieben uns,
besiegelt ist in neuer Schöpfung unser Untergang,
während ich mich lieben lasse, flüstert der Drache, bedeckt mich mit glänzenden Schuppen, schimmern vielfärbig, und die Farben verwandeln sich in Blütenduft,
flüstert, Amicitia,
flüstert, ich bin gefallen,
jetzt verzehre mich.

Ich verzehrte mich, blieb doch mein Objekt der falschen Liebe unerreichbar, hielt es fern von mir, ließ mich nicht mehr zu ihm bitten, litt Hunger, litt unstillbaren Durst, um ihm näher und doch ferner zu sein, kehrte ich wieder und wieder nach Ostia zurück,

kalter, feuchter Sand, Treibgut, das sich mit Ebbe und Flut bewegen musste, mit jeder Welle ein wenig mehr zerbrach,
wie der Körper des Mannes der Signora,
ertrank, so hatte sie erzählt, war ihnen aus der Stadt gefolgt, nur dieses eine Mal,
der Abschied nahte, nicht nur der von Luigi, der sich in seiner Unausweichlichkeit in meine Seele schnitt, in das, was von ihr geblieben war, auch mein Abschied aus dieser Zeit, angehäufte Augenblicke, bald, so wusste ich, würde ich mich aus ihnen schälen,
mein Herz hatte ich noch nicht verschlossen, seine Risse waren noch nicht zugenäht, noch lag etwas dahinter, das dunkle Sehnen, es kam zurück, legte sich über den Himmel,
Ozean der Erinnerung, mit meinen Gedanken veränderte ich ihn, ich zerlegte das Meer in Kristalle, und berührte ich die Kristalle, zersprangen sie, ich dachte, zerspringt das Ganze, muss ich in keinen Spiegel mehr sehen,
ich zog an einem losen Faden, riss die Wolkendecke auf,
Amicitia, hörte ich seine Stimme nah an meinem Ohr, Trugbild, das er war, stand er an meiner Seite, Blick zum Horizont,

ich habe meinen Stern verloren, sagte ich, ist ins Wasser gefallen, einfach so vom Himmel herab, mit einem bloßen Schnippen von dir fiel er aus seiner Verankerung,
ich schnippte, tat Luigi seine Gesten gleich, die zu den meinen geworden waren,
er sagte, Amicitia, du verlässt mich in jeder Sekunde, in der ich an dich denken mag,
nie hatte ich Einsamkeit gespürt, wie sie mich in diesem Augenblick, im Nachhall der Worte unserer letzten Begegnung, kalt ummantelte, Einsamkeit ist wie das Treiben eines sinkenden Schiffes auf rauer See, dachte ich, ist frei von Sehnsucht, ist bereit in einen letzten Abschied zu gehen.

Endlich, liebster Joe, war ich an dem Punkt angekommen, an dem ich nichts mehr spürte,
einfach ist das Leben, legt man die Maske des Menschlichen ab, stellt sich instinktiver Wahrnehmung, *item perspectiva,* Durchsehung, diesmal wirklich, endlich bin ich sehend, sehe und werde gesehen, bin das dreidimensionale Nichts, das sich aus einer zweidimensionalen Fläche bildet, neu erfundenes Selbst, kennt keine Landschaft mehr, kein Licht, keinen Himmel, verweigert sich der eigenen Geschichtlichkeit, die Landkar-

ten, die ich mir in meinen Leben zeichnete, sind ausradiert, Strich für Strich, Ort für Ort, ich folgte den Linien rückwärts, um sie verschwinden zu lassen, ich tippte auf Punkte, die einen Ort markierten, und sie waren weg,
die Monster bleiben, die Seeungeheuer,
kreisen mich ein in meinem selbstgewählten Kerker, in den ich mich suchend begab, um einen anderen Kerker, jenen der Körperlichkeit und des Gedächtnisses, zu verlassen,
ich schreibe dir mit unsichtbarer Tinte,
mit Zitronensaft,
heilsam ist er, sagtest du mir einst, heilt die absterbenden Pflanzen, musst nur ein wenig Saft in das Wasser geben,
sagtest du mir, als wir uns kennenlernten,
damit spülst du die Erde durch, dann mit noch mehr Wasser, diesmal ohne Zitronensaft, dann, du wirst sehen, stirbt das Kaputte, und die Pflanze wird erneut gedeihen,
sagtest du, und ich küsste dich sanft auf die Wange, nahm dich in den Arm, und du nahmst mich mit zu dir nach Hause,
mein Zitronensaft, den Kerzenschein sichtbar macht, will dir Liebes flüstern, endlich das Obszöne, ich will

an deiner Seite sein, unter deinem Regenhimmel, begleitet vom Meisengesang,
zero gravity, Liebster, ich schwebe, hebe mich ab von allem, was mich hier in meinem Kerker verweilen ließ, dem Mann mit Buckel, den anderen Menschen, die hierher geflohen sind, vielleicht die letzten Überlebenden, du schnippst, ich tue, nein, das war der andere, ich laufe wieder weg, nein, das war einmal, dumm war ich, auch so ein Anführungszeichen, stellte mich weder der Welt noch ihrer Weiterentwicklung, will sagen, ihrem Untergang,
kein Mensch hat von sich aus eine Perspektive, hat nur lose Enden, Fragmente, all das Lose muss man sich erst zusammennähen,
Mutter nähte,
Vater zeigte mir meinen ersten Schmetterling,
dir, Joe, will ich kein Trugbild sein,
diese letzten Dinge, wie angenehm sie doch sind, schmiegen sich als Kehrseite der Hingabe an und um mich, Seide, blau, Farbe, schwarz,
Seide, blau,
ich zog mein Kleid aus,
Farbe, schwarz,
ich sah mich nicht in seinen Augen,
nahender Abschied hatte mich zu ihm gezwungen, ich

musste die Wunde schließen, die unsere Begegnung hinterlassen hatte, das Erfüllende, das Zerfleischende,
ein letztes Mal wollte ich es spüren,
es war meine Schuld, sagte Luigi,
ich weiß,
das Glas, das die Totenansager bedeckte, war zerbrochen,
ich hätte ihn aus den Wellen retten können,
ich weiß,
die gelben Blüten lagen zerrieben auf dem Bett,
ich sah zu, wie er ertrank, auch sie hat zugesehen,
jedes Kleidungsstück, das zu Boden fiel, war ein Schnitt, einer von weiteren tausend, Brust aufgeschnitten, Arme und Beine vom Rumpf abgetrennt, zuletzt der Kopf,
ich sah zu und habe es genossen,
ich weiß,
es gab deinen Körper, Luigi, es gab meinen Körper, und manchmal haben sie einander berührt,
was willst du, Amicitia?, sagte er beschämt, dein selbstsicheres Herz wird nicht brechen, meinetwegen sich nicht in ein Unglück hinein,
ich weiß, Luigi, und doch, mein heller Pinselstrich lässt dunkle Flächen atmen.

Hinter dem Brokatvorhang wartet zartes Licht, ich schiebe den Vorhang zur Seite, ein letzter Blick zurück, und der Mann mit Buckel winkt mir, leiser wird das Pochen der Musik, lauter das Nichts, das mich an der Oberfläche erwartet,
ich gehe langsam die Abwärtsspirale hoch, ein paar Ratten laufen mir entgegen, am Ende der Treppe wartet eine Wand aus mattem Licht, kühl fühlt es sich an, und ich drücke mich vorsichtig durch diese Membran, überschreite ein letztes Mal meine momentbehaftete Wirklichkeit,
Joe, nie ist es darum gegangen, was in einer Hölle passieren kann, immer darum, wie man das Individuum aus seiner Hölle befreit,

die Rosenstöcke sind abgebrannt, der Hof und auch die anschließenden Häuser zertrümmert, von der roten Tür ist nur ein Stück Türstock geblieben, all das lasse ich hinter mir, in künstlicher Stille setze ich einen Schritt nach dem anderen, der Himmel ist bemaltes Glas, auf ihn sind Überreste gezeichnet, Ruinen, Rauch und Staub, geblieben ist das Bleiche in den Gesichtern der Geschlagenen, der Besiegten, ihre Münder offen, ihre Körper entmenscht, von Schmutz bedeckt, letzte schützende Hülle, die sie umschlossen

hält, das Blut, in kräftiger Farbe sichtbar, malt sich aus den Leibern, schlängelt sich durch den Dreck,
zu dir, Joe, will ich, mit dir gemeinsam will ich den Showdown der Menschheit schauen, zu deinem Abziehbild einer Seele will ich, das der Regen noch nicht weggeschwemmt hat, ich hechle dir deinen Namen hinterher, wie den Ereignissen und ihrer Belanglosigkeit, all dem, was ich hier gesehen und erfahren habe, den Bildern, die mir den Weg zeigten, in den Untergrund, in die letzte Zuflucht, der ich mich verweigerte,
das Skelett einer Stadt liegt um mich drapiert, nein, einer ganzen Welt, ich blicke darauf und streichle über die aufgerauten Knochen, zum ersten Mal habe ich Angst, in welcher Zukunft ich erwachen werde.

Zukunft genommen,
was von ihr bleibt, das kleine bisschen Wahres, muss behütet sein,
beschützt,
im roten Licht des Dschungels kauert Inès in ihren Tränen, ich weiß, was passiert ist, muss nicht fragen, die Tür zu dem Raum, in dem unsere Fracht geborgen ist, steht offen, kalter Rauch dringt aus ihr, mischt sich mit der feuchten Hitze,

hat er?, fragt Jaques, der neben mir steht,
ich lasse meinen Blick über das Wuchernde ziehen,
Rauls Körper liegt neben der Tür,
leblos,
der Captain steht über ihn gebeugt,
was hast du getan, mein Captain?,
er sieht mich an, sieht zu Jaques, sieht das Messer in seiner Hand,
Erde, sagt er, hier ist die Nemesis, wird sind gefallen, mit diesen Worten, sie wiederholend, geht er auf uns zu, ich schüttle den Kopf, sage, nein, bitte nicht, mein Captain, sehe zu Jaques, er zittert, das Messer droht ihm aus der Hand zu gleiten, nein, sage ich und greife nach dem Messer, Jaques sinkt auf die Knie,
wir sind gefallen, Eva, sagt der Captain, alles war umsonst, nichts ist es wert, gerettet zu sein,
nein, wiederhole ich,
denke Licht, Sonnenstrahl, denke mich für einen Augenblick zurück in den Ozean meiner Erinnerung,
nichts weiter als ein vergessener Stern ist der Mensch, sagt der Captain, nichts ist der Mensch,
nein, sage ich, blicke mich um, sichtbar das All und das, was hinter Dunkelheit und Stille liegt,
mir schwindelt,
der Drache surrt,

grüne Energie, die aus dem Körper des Captains dringt, versucht sich um mich zu schlingen, ich spüre sie als Schnitte, sie reißen mich von innen auf, ich winde mich in ihnen,
gib auf, Eva, sagt der Captain, gib dich hin,
und dann?,
ich suche den verzauberten Garten, suche mich zurück in das Kleinod, das noch keine Dämonen kennt, in die Waagschale zwischen Licht und Schatten, ich rieche Gras, höre Insekten summen, ich erinnere mich,
mit letzter Kraft hebe ich die Hand, hebe das Messer,
der Körper des Captains ist nah,
ein fester Stoß
ein erstickter Schrei
der Captain sinkt zu Boden.

Ich lasse das Messer los,
reiche Inès die Hand,
sie greift danach,
die Hülle bricht,
ich sage, nein,
mein Wort ist ein kleiner Stern, nährt meinen Stella maris, ein Stolperstein ist der Marienstern, überall mahnte er meinen Blick, zur Zier verkommen sitzt er zwischen Erde und Himmel,

und der Himmel ist ein Schatten,
auch die Welt,
es wandert die Sonne, bis sie der Horizont verschlingt,
auch meine Geschichte muss damit enden können, dass einmal etwas gewesen war, einmal war es kalt gewesen, draußen, und in diesem Draußen wanderte ich, im Vertrauten, das Erde hieß, Ursprung, bewegte mich durch Wind und Schneegestöber, zwischen dem Licht und den Schatten, die in einzelnen Begegnungen gebündelt waren, fühlte Sandkörner, die sich an meiner Haut rieben, stecknadelspitzengleich zählte ich sie wie meine Gedanken,
provozierende Schönheit, das, was Erde war,
immergrüne Höllenfahrt,
ich formte um, was neuer Form bedurfte,
einmal noch sah ich Luigi wieder, er stand an der Ecke nahe dem Café unter dem Feigenbaum, Stunden wartete er auf mich, ein Zitronenfalter, der sich zu einem Drachen verwandeln würde, zog seine unberechenbare Bahn um ihn,
komm, Amicitia, komm zu mir, bleib bei mir,
ich sah ihn an, lächelte ein Nein, jedes weitere Wort wäre eine Verzögerung des Unabwendbaren gewesen, und doch, ich würde immer an ihn denken, immer wäre unsere Liebe in meine Ewigkeit tätowiert,

ich schloss die Augen, verschloss mein Herz und nahm Abschied, es war das letzte Mal, dass ich Luigi sah,
viele Jahre, Jahrzehnte, Jahrhunderte suchte ich nach dieser einen Erinnerung, suchte diesen Stella maris, wollte nach ihm greifen, viel zu lange konnte ich ihn nicht sehen,
Grenzen, weit und immer wieder aufs Neue überschritten, schwinden, es gibt keine Begrenzung mehr, nicht einmal mehr die unsichtbare Hülle, dahinter ist das Nichts, das wir, verblendet, Universum nennen, dieses schwarze Quadrat, mehr ist es nicht, es ruht auf einem schwarzen Hintergrund.

Epilog

Immer noch sehe ich in Inès das unschuldige Mädchen, das damals, als wir starteten, neben mir saß, die Augen geschlossen, die Hände ineinandergekrallt, jetzt zittert sie, die Vibration, der das Shuttle ausgesetzt ist, hat sich in ihren Körper gelegt, auch in ihr Herz, das sie mir verschlossen hat, sie weiß zu viel, denke ich, hat zu viel erfahren müssen, um weiterhin das offene Herz in sich zu tragen, und sie ist Teil jener Hölle geworden, über die zu erzählen sie mich drängte, ihre Unschuld hat den Drachen gelockt, und es zieht uns hinab in seinen weit aufgerissenen Rachen, während er mit seinen Klauen an der Außenhülle des Shuttles kratzt,
ich beuge mich zu Inès, wie ich es damals tat, ich flüstere ihr, wie ich es damals tat, auch jetzt kann sie mich nicht hören,
habe ich dir in meinen Geschichten diese Blume gezeigt, die Unsterbliche, so nennt man sie, *L'immortelle*?, wilde Strohblume, pflückt man sie, Inès, verwelkt sie nicht,

dann sehe ich zu Jaques, er hält die Steuerung fest umschlossen, er schwitzt und das, was von seinen Muskeln übrig geblieben ist, ist angespannt, auch er ist ein Zerbrochener,
in der Gewissheit seines nahenden Todes schickt er mir ein Lächeln, und ich verzeihe ihm, alles sei ihm verziehen in diesen letzten Augenblicken, auch dass er so unerbittlich an seinem Leben hing,
ich lehne mich in den Sitz zurück, ich schließe die Augen und nehme Abschied von meinen Schatten, die in der Geschichte zurückgewandert sind, in ihre Geschichten sind sie zurückgekrochen, die ich ein letztes Mal erzählen durfte, Schatten, denen ich ein letztes Mal begegnet bin.

Ich rieche das Meer, fühle Sand unter den Handflächen und Fingerspitzen, Licht berührt meine Haut, und ich höre Wellen brechen,
ich setze mich auf, öffne meine Lider, sehe die untergehende Sonne, glühend, bis sie zwischen Meer und Horizont versinken kann, dann stehe ich auf und gehe in Richtung des Skeletts, das vor mir liegt,
das Skelett des Drachens,
ich streiche ihm über den Schädel und an der Unterseite der Augenhöhlen entlang, mit bedachten Schritten

steige ich über seine rechte Klaue und bewege mich zwischen zwei Rippenknochen, im Sand versunken, in sein Inneres, sein Körper, der einmal war, Fleisch, Gewebe, Blut und Haut, hält mich gefangen, und mir ist, als könnte ich den Drachen erneut zu mir flüstern hören,
sein Atem ist der Flügelschlag eines Schmetterlings,
seine Schuppen kleiden mich in eine neue Haut,
du hattest recht, mein Captain, sage ich leise,
der Mensch ist ein vergessener Stern,
er hat sich in seinem eigenen Licht verloren.

Danksagung

Herzlichst möchte ich mich bedanken:
bei der Literaturabteilung des Landes Niederösterreich, die die Entstehung dieses Textes durch die Verleihung des Hans-Weigel-Stipendiums maßgeblich gefördert hat, und der Kunstabteilung des Bundeskanzleramts, die meine Recherche in Rom und Paris mit der Zuerkennung von Reisestipendien unterstützt hat,
bei all den lieben Menschen, die den Arbeitsprozess mit anregenden Gesprächen über Geschichte, Philosophie und Kunst bereichert haben, namentlich bei Manfred Poor, Nikolaus Franz, Katharina Aigner, Carla Picaro, Christian Gröger und Max Renkel,
und bei meiner Lektorin Senta Wagner für die inspirierende und erhellende Zusammenarbeit.

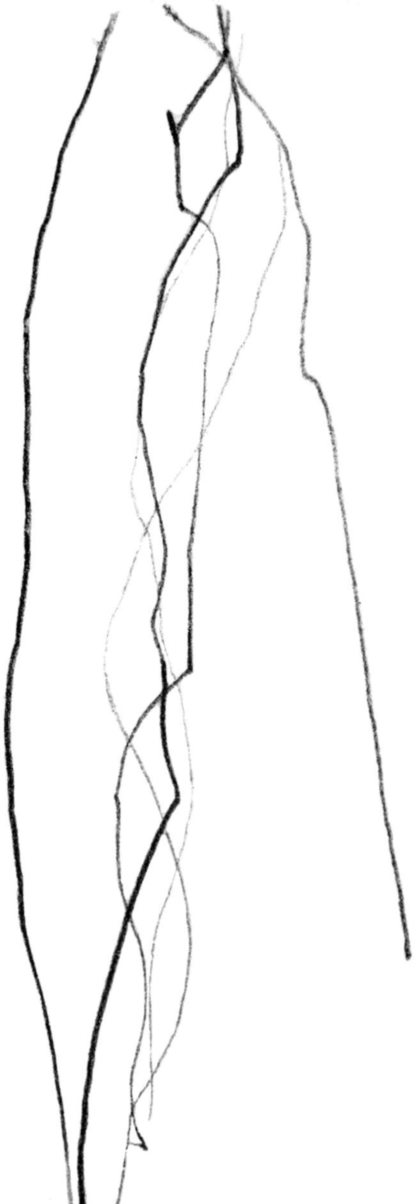